Y
MILWR
COLL

D0453269

Y
MILWR
COLL

SION HUGHES

Gomer

Cyhoeddwyd gyntaf yn 2018 gan
Wasg Gomer, Llandysul, Ceredigion SA44 4JL
www.gomer.co.uk

ISBN 978 1 78562 285 4

Mae Sion Hughes wedi datgan ei hawl dan
Ddeddf Hawlfreintiau, Dyluniadau a Phatentau 1988
i gael ei gydnabod fel awdur y llyfr hwn.

Cyhoeddwyd gyda chymorth ariannol
Cyngor Llyfrau Cymru.

Argraffwyd a rhwymwyd yng Nghymru gan
Wasg Gomer, Llandysul, Ceredigion.

I Mari

Cydnabyddiaethau

Diolch i Lyfrgell Brotherton, Prifysgol Leeds, am gael defnyddio 'Reminiscences of 6 badly wounded soldiers' o Gasgliad Liddle.

PROLOG

1918

Maes y gad yng ngolau egwan y machlud a fudlosgai'n waedlyd ar y gorwel.

Mae'r ymladd drosodd am heno. Yfory, gyda'r wawr, daw'r milwyr yma eto, i frwydro mewn rhyfel chwil na ŵyr neb ei ddiben. Edrychwch ar gigfran y cyfnos yn hofran yn erbyn awyr sy'n goch a melyn ac oren, ei hadenydd yn estyn yn y distawrwydd fel dwylo. Llygada'r gigfran gnawd ar gorff a orwedda'n llonydd yn y llwch a'r lludw islaw.

Am oriau, bu'r Almaenwr hwn yn twyllo pawb a phopeth. Ffugiodd Franz Kruger ei farwolaeth ei hun a haeddu gwobr am actio, yn hytrach na medal am ei ddewrder. Dyna'r unig ffordd i oroesi. Daliai ei wynt bob tro y rhedai milwyr y gelyn heibio rhag iddynt stopio a gwthio bidog rhwng ei asennau. Na, gwell oedd chwarae bod yn farw ac aros nes iddi nosi er mwyn cropian yn ôl at ei filwyr ei hun yn y tywyllwch. Ar ôl iddi nosi dechreuodd Franz gropian. Gwelodd rywbeth diddorol yn y llaid o'i flaen.

Closiodd ato... Llyfr! Gafaelodd Franz ynddo ond gwrthodai'r llyfr â symud. Craffodd yn y tywyllwch. Gwelodd fod dwrn nerthol yn gafael amdano fel crafanc. Ar ôl straffaglu, llwyddodd Franz i'w dynnu'n rhydd o'r llaw. Gwthiodd y llyfr i mewn i'w diwnig a llusgo ymlaen. Teimlodd rywbeth yn ei rwystro, fel petai ei ddillad wedi bachu. Edrychodd Franz yn ei ôl. Roedd llaw'r milwr yn gafael yn dynn yn nefnydd ei drowsus. Ciciodd y llaw â'i droed arall.

Damia!

Roedd perchennog y llaw yn fyw o hyd ac eisiau ei lyfr yn ôl. Ar ôl dianc rhag y grafanc sleifiodd Franz ymlaen drwy'r llaid fel llysywen trwy dywod.

Pennod 1

Ffrainc – Hydref 1918

'Stretcher bearers up!'

Atseiniai'r geiriau ar hyd y ffosydd wrth i leisiau'r swyddogion alw am gludwyr i'r cleifion i ddod a sefyll y tu ôl i'r milwyr. Cyn hir, gwaith y cludwyr fyddai dilyn y milwyr a thrin eu clwyfau ar ôl iddynt syrthio. Wedi clywed y gorchymyn llusgai'r cludwyr eu stretchers trymion heibio'r milwyr ac i gefn y ffos. Gyrrodd hyn don o anniddigrwydd ymysg y rhengoedd o filwyr. Rhegodd rhai dan eu gwynt.

'Get a bloody rifle… bastard conshies.'

Ar ôl cymryd eu lle, safai'r cludwyr yn llonydd ac yn fud fel delwau. Syllent yn eu blaenau gan wybod yn union beth oedd i ddod ar sain y chwiban. Ymhen ychydig funudau byddent yn tynnu'r rhwymau o'u bagiau cymorth cyntaf ac yn ymgeleddu clwyfau'r milwyr anniddig hyn. Hawdd bellach oedd adnabod y milwr ag anafiadau angheuol. Gorweddai'r rheiny â'u perfedd yn stemio yn oerfel y bore a hwythau'n syllu ar ddarnau bychain o'u hymysgaroedd ar y pridd o'u blaenau. Crio am fwy o forffin at y boen a chrio am eu mamau fel plant bach. Profai tensiwn yr aros yn ormod i rai. Safai un milwr ifanc yn crynu drwyddo a dagrau yn powlio i lawr ei ruddiau. Trodd ei goesau'n gortynnau o glai llipa, cyfogodd, a thynnu ochenaid wrth i'r milwyr eraill symud o ddrewdod ei chwd. Poerodd y bachgen ifanc droeon er mwyn cael gwared ar y blas sur a chwerw yn ei geg. Cryfhaodd ei goesau ryw ychydig – ac aeth yn ôl i sefyll yn y llinell yn ufudd. Chymrodd neb unrhyw sylw ohono.

Taniodd un milwr arall sigarét yn ddi-hid, ei wyneb yn hollol ddifynegiant. Ef oedd y talaf o blith y rheng o ddynion, chwythai gwmwl o fwg yn uchel uwch ei ben. Roedd o wedi bod drwy hyn i gyd o'r blaen. Rhwng 1915 ac 1918 roedd wedi brwydro heb dderbyn yr un anaf difrifol. Ef oedd un o'r ychydig rai i oroesi brwydrau Ypres, Albert, Pilkem, Langemark, Havrincourt ac Épehy ac yma y safai heddiw yn cael smôc cyn cychwyn brwydr Beaurevoir.

Cofiodd ei ddiwrnod tywyllaf yn y rhyfel. Y diwrnod du lle collodd ei frawd. Brwydr Cefn Pilkem oedd hi. Rhedai ei frawd ar hyd y tir rhyw hanner canllath o'i flaen. Ffrwydrodd rhywbeth go fawr yn yr union le. Allan o'r cwmwl o fwg daliai ei frawd i redeg, ond gwnâi hynny heb ei ben. Wedi rhedeg ychydig lathenni syrthiodd. Bob tro y cofiai am y digwyddiad rhyfedd hwn ceisiai gofio'i frawd pan oedd o'n fyw ac yn iach – ei wên siriol ar fore Dydd Nadolig a hefyd ei waedd gwynfanllyd wedi i'w frawd mawr gael digon ar ei bryfocio. Ceisiai ddychwelyd at yr atgofion melys hyn mewn ymgais i ddileu'r hyn a welodd yng Nghefn Pilkem y diwrnod hwnnw.

Trwy fwg ei sigarét edrychodd y milwr i gyfeiriad Capten Rees, y swyddog ifanc. Tynnodd Rees ei bistol a rhoi ei chwiban yn ei geg yn barod. Gwyddai'r milwr fod rhywbeth tra gwahanol ynghylch y frwydr hon. Doedd y *barrage* arferol ddim wedi digwydd a sylweddolodd fod y gynnau wedi tawelu yn llawer rhy gyflym y tro hwn. Fel arfer taniai'r gynnau mawr am gyfnod hir yn eu hymgais i chwythu'r gelyn i ebargofiant. Ond nid heddiw, cwta awr o danio a fu. Ysgydwodd y milwr tal ei ben a dweud yn dawel 'rhy fyr... rhy fyr o lawar'. Roedd hi'n amlwg bod yr un peth wedi taro'r Capten oherwydd edrychodd i fyny a dal llygad y milwr am ennyd. Ysgydwodd yntau ei ben yn swta fel adwaith. Waeth i ti heb, meddai'r milwr wrtho fo ei hun, waeth mae dy farn di'n amherthnasol.

'Two minutes to zero,' gwaeddodd un o'r swyddogion.

Atseiniai'r rhybudd i lawr y rhengoedd yn y ffos. Syrthiodd mantell o ddistawrwydd iasol dros faes y gad. Syllai'r milwyr yn eu blaenau, eu llygaid yn llydan agored a llonydd fel petaent yn gwylio rhyw ryfeddodau anweledig yn y pellter.

Hiraeth? Oedd, roedd ganddo hiraeth am ei gartref a'i holl brofiadau. Yn nüwch y nos ac yng ngolau'r lleuad ar noson glir yr oedd yr hiraeth amlycaf. Hiraeth am draeth Aberffraw lle cerddai'n droednoeth, lle torrai ewyn y don ar y traeth i gân y bioden fôr unig a ehedai uwchben. Hiraeth am wres haul y bore cynnar ar ei war, am nofio yn nŵr clir Llyn Cefni ac am law mân cynnes mynydd Bodafon ar ei wyneb. Ond mwy na hyn oll roedd hiraeth am y cyffyrddiadau. Cyffyrddiad ei fam, ei llaw yn gwasgu ei ysgwydd yn ysgafn. Cyffyrddiad Pitar Jos, ei ffrind gydol oes, pwnsh chwareus a gâi o gan hwnnw. Ond y mwynaf oll oedd cyffyrddiad Gret. Dychmygai hi'n rhedeg ei bys ar hyd ei wyneb gan aros ar y pant bach ar ganol ei ên. 'Y darn yma dwi'n licio ora,' arferai Gret ei bryfocio wrth i wên ledu dros ei wyneb. Yr annwyl, anghofiedig atgof o Gret – i'w gollwng fel ei sigarét i'r llawr a'i sathru – ei chwalu yn y pridd cyn i'r felan afael. Na, rhaid oedd tynnu ei hun yn ôl i feddwl am y dasg hon.

Cyfnod arall o dawelwch trwm. Yn y gwacter hwnnw crwydrodd ei feddwl yn ôl i'r diwrnod y dechreuodd y cyfan.

*   *   *

1915 O flaen Tafarn y Bull yn Llangefni ar fore oer saif John Williams y pregethwr poblogaidd. Mae o'n paratoi ac yn tanio ei sigâr cyn codi i siarad …

Ei obaith heddiw yw perswadio cant o fechgyn i ymuno â'r fyddin. Sefydlu math ar *Pal's Battalion* o blith yr amaethwyr lleol. Tybia mai Llangefni ar ddiwrnod marchnad yw'r lle gorau i wneud hynny ond petai o wedi gweld pwy oedd yn llechu yn y cysgodion cyn iddo ddechrau ar ei araith fawr, mae'n bosib na fyddai wedi siarad o gwbl.

Dyn tal, rhyw drigain oed, gyda llond pen o wallt gwyn yw'r gweinidog sy'n eistedd yng nghefn car mawr agored. Hwn yw'r enwog John Williams, Brynsiencyn, neu *Colonel* John Williams i ddefnyddio ei deitl cywir. Yn ôl y sôn, cafodd y car crand ar fenthyg gan ei hen gyfaill, neb llai na David Lloyd George ei hun. Rhodd er mwyn hyrwyddo ymdrechion y Parchedig i gasglu milwyr i ymuno â'r rhyfel. O dan ei lifrai milwrol gwisga goler i ddynodi mai ef yw Caplan swyddogol y Fyddin Gymreig. Yno, yn gyfuniad o grefydd a gwn mae'n edrych fel y *Christian Soldier* delfrydol – er y gŵyr pawb mai milwr drama ydy o mewn gwirionedd. Cyn codi i areithio o gefn y car, mae'n tanio ei ail sigâr, hwythau hefyd yn anrhegion gan Lloyd George am ei wasanaeth. Ar fonet y car mae'r Parchedig wedi gosod llyfr enlistio. Mesura lwyddiant ei ddiwrnod yn ôl nifer yr enwau newydd sy'n cael eu hychwanegu at y llyfr cyn diwedd y dydd.

Llygada John Williams y dynion ifanc sy'n cerdded heibio fel petai'n amaethwr mewn marchnad yn mesur gwerth y stoc cyn eu prynu. Daliodd un dyn ei sylw'n arbennig gan ei fod yn dalach ac yn fwy o gorff na'r gweddill. Ei enw yw Owen Humphreys, mab hynaf Llys Madryn. Gwylia John Williams y llanc yn cerdded ymysg y stondinau gyda'i gariad Gret Jones. Mae Gret yn forwyn fach yn Llys Madryn. Ar yr olwg gyntaf, edrycha Gret fel unrhyw ferch ifanc arall, ond eto, roedd un peth gwahanol iawn amdani. Doedd dim byd yn anghyffredin am ei chroen gwelw, ei gwallt tywyll nac ychwaith am y trwyn bach twt. Yr hyn sy'n tynnu sylw rhywun at y ferch hon yw ei llygaid llwyd hudolus, llygaid i swyno ac i dorri calonnau.

Un rheol answyddogol ymysg trigolion yr ardal yw na ddylai plant y cartrefi tlawd, di-nod fel Gret fyth geisio canlyn plant y cartrefi mwy goludog fel teulu'r Humphreys, ond nid yw'r ddau yma'n malio dim am y ddefod honno heddiw. Bu'r ddau yn caru'n selog er na ŵyr Helen Humphreys, mam Owen ddim am y garwriaeth rhyngddynt. Mae Owen yn cadw'r berthynas yn gyfrinachol rhag ei digio, am fod gan ei fam gynlluniau mawr ar ei gyfer i fod yn gerddor. Maes o law, ar ôl pasio'r arholiadau angenrheidiol, gobaith ei fam yw gweld Owen yn gadael Gwalchmai ac yn mynd i astudio Cerddoriaeth yn un o golegau cerdd Llundain.

Bob nos ar ôl i'r gweision ddiffodd y lampau sleifia Owen i ystafell wely Gret yng nghefn y tŷ a charu'n dawel bach yno heb i'w fam amau dim. Mae'r ddau yn cadw eu pellter o ddydd i ddydd yng nghyffiniau Llys Madryn, ond yn y farchnad yn Llangefni heddiw, manteisiai'r ddau ar y cyfle i fod yng nghwmni cariadus ei gilydd.

Prynodd Owen flodau iddi, plannodd hithau gusan fawr ar ei foch.

'Dwi'n dy garu di, Owen,' sibrydodd Gret yn ei glust.

Uwch eu pennau wrth iddynt gusanu chwyrlia mwg sigâr John Williams yn drwchus. Chwyddodd y dorf o'u cwmpas a theimla'r Parchedig ei bod hi'n bryd iddo fynd ati i areithio. Fel gwerthwr nwyddau mewn ffair, mae'n tynnu'n galed ar ei sigâr gan yrru un cwmwl mawr olaf o fwg i'r awyr uwch ei ben cyn agor ei bregeth â llais mawr awdurdodol. Mae ei lais a'i huodledd yn cario ar draws bwrlwm prysur y farchnad gan hawlio sylw'r dorf.

'Gyfeillion, rydw i yma yn Llangefni heddiw i ddod o hyd i filwyr da i Iesu Grist. Pwy a ddaw i ymladd y frwydr gyfiawn hon?' Gwthia ei frest allan a gweiddi'n uwch. 'Cyfiawnder yn erbyn anghyfiawnder!'

Bu eisoes yn nhref Caernarfon, lle llwyddodd i godi byddin sylweddol o ddynion lleol, a'i obaith yw gwneud yr un peth yn Llangefni.

15

'Dwi'n gofyn am gant o hogia i ddod ymlaen. Dewch i fod yn rhan o fyddin Cefni. Byddin o ffrindia.'

Try wedyn i lafar-ganu un o emynau Pantycelyn mewn ymgais i hawlio sylw:

'Iesu, Iesu, rwyt ti yn ddigon.

Rwyt i'n llawer mwy na'r byd ...'

Mae Gret yn ebychu i'w gyfeiriad mewn dirmyg.

'Fasat ti ddim yn ymuno â'r fyddin, fasat ti, Owen?' hola Gret yn dawel.

'Na, dim o ddewis,' yw'r ateb. Cusana ei thalcen a'i thynnu'n agos ato.

Dechreua John Williams weiddi unwaith eto a dyrnu'r awyr y tro hwn.

'Listiwch... Listiwch... Listiwch... Gwnewch hynny yma heddiw, hogiau.'

Pwyntia ei fys at y llyfr a osodwyd yn daclus ar fonet y car.

Yn y cysgodion gerllaw mae dau ddyn yn gwylio fel petaent ar fin tarfu ar ymgyrch recriwtio'r Parchedig John Williams. Cerdda'r ddau yn araf allan o'r cysgodion. Y cyntaf yw Sam Llwyncelyn – cyn-filwr ar ei faglau – wedi colli ei goes ym mrwydr gyntaf y rhyfel... Y llall yw'r Parchedig John Puleston Jones, Pwllheli. Cymeriad adnabyddus ar y pryd, gweinidog dall, heddychwr, ac un o'r ychydig ddynion duwiol sy'n meiddio gwrthwynebu safiad rhyfelgar yr eglwysi. Teithiodd Puleston Jones i Langefni ar y trên ar ei ben ei hun y bore hwnnw. Er ei fod yn ddall mae wedi hen arfer teithio heb gwmni. Yn ôl John Puleston roedd yno ryw angel i'w arwain bob amser – a heddiw, Sam Llwyncelyn oedd yr angel herciog hwnnw.

Dim ond awr yn gynharach y cyfarfu'r ddau am y tro cyntaf ar ôl i John Puleston gamu oddi ar y trên a gofyn am gymorth.

'Dwi wedi dod yma i brotestio yn erbyn John Williams, Brynsiencyn, pwy wnaiff fy arwain i sgwâr Llangefni?' gofynnodd Puleston Jones ar ôl camu ar y platfform, er nad oedd yn gallu gweld pwy oedd yn sefyll o'i flaen.

Gyda'r cloff yn arwain y dall, herciodd Sam a'r pregethwr yn araf drwy'r dorf fach nes dod i stop o flaen John Williams a gwrando ychydig ar ei berorasiwn cyn ei herio. Dwysaodd y dorf. Erbyn hyn roedd torf o dros hanner cant wedi ymgasglu, dynion ifanc yn eu capiau stabl gan mwyaf, ac yn eu plith ambell i wraig tŷ.

'Os ymunwch chi heddiw, chwi a wyddoch y bydd yr Arglwydd Dduw gyda chi ar faes y gad. Dwi'n chwilio am gant o hogia i greu byddin hogia Cefni… pwy fydd y cyntaf i listio?'

Gwaeddodd Sam Llwyncelyn ar ei draws. 'Herod!' Hawdd oedd i'r Parch. ei ddiystyru. O dro i dro, deuai ambell un fel Sam i weiddi arno. Arferai'r Parch. weiddi nôl yn uwch ac yn hyderus, gan mai recriwtio i ryfel cyfiawn a sanctaidd ydoedd wedi'r cyfan. Gwaeddodd Sam Llwyncelyn unwaith eto.

'Pam ddylai teuluoedd Llangefni dywallt gwaed, cerwch o 'ma – a dwedwch hynny wrth Lloyd George pan welwch chi o nesa.'

Er bod y Parch. yn gallu delio â geiriau Sam Llwyncelyn yn hyderus – ei ofid mwyaf oedd y dyn dall a safai wrth ei ymyl. Gwyddai John Williams fod ymdopi â'r dyn hwnnw yn sialens wahanol iawn. Twrn Puleston Jones oedd hi i herian y milwr sanctaidd o'i flaen.

'John Williams, Brynsiencyn – dach chi'n gwisgo brat gwaedlyd y cigydd.'

Daeth ambell lais o'r dorf i gytuno â'r gosodiad a thawelodd John Williams am eiliad neu ddwy. Camgymeriad. Rhoddodd gyfle i Puleston Jones godi ei law uwch ei ben a gweiddi drachefn:

'Fechgyn Llangefni, peidiwch ag arwyddo'r llyfr hwn heddiw. Peidiwch ag enlistio. Mae o'n defnyddio'r Beibl i'ch anfon i'ch beddau. Gwell o lawer fyddai i Lloyd George eich arbed chi, fechgyn a thrafod telerau heddwch.'

Er bod Puleston wedi tynnu'r angerdd o'i araith doedd John Williams ddim am ildio'n rhwydd.

'Peidiwch â gwrando arno. Mae hon yn frwydr gyfiawn. Dewch, pwy fydd y cyntaf?'

'Fi!' gwaeddodd un o'r bechgyn a safai yno yn ei gap fflat yng nghanol môr o weision a meibion fferm debyg.

'Be ydy enw'r arwr ifanc 'ma?'

'Morus, o ffarm Tŷ Gwyn,' atebodd yr hogyn ifanc.

'Rhowch glap i Morus. Dewch hogia. Pwy arall? Mae 'na gyflog ac antur fawr o'ch blaenau chi hogia dewr sy'n dod ymlaen.'

Chwipiodd y Parchedig hances o'i boced a chogio sychu deigryn wrth wylio'r llanc yn mynd at y llyfr i gofrestru.

'Dewch, hogia Sir Fôn... listiwch ...' Dyfynna un o gerddi Goronwy Owen. Gŵyr yn iawn sut mae denu'r ifanc at ei achos.

'Pwy a rif dywod Llifon,
Pwy rydd i lawr Ŵyr Mawr Môn.'

Mae'r dorf yn cymeradwyo ac mae Morus yn arwyddo'r llyfr ar fonet y car.

'Fydd ei dad o, Robat Tŷ Gwyn yn flin cacwn,' meddai un dyn yng nghlust y llall.

Ar ôl ysgwyd ei law mae John Williams yn arwain y milwr newydd o gwmpas y sgwâr fel arwr. Dyma fydd dull y Parchedig bob tro – codi cywilydd ar y bechgyn eraill drwy glodfori dewrder yr un cyntaf. Yn ystod y munudau nesaf heidia'r bechgyn o gwmpas y car yn eiddgar i arwyddo'r llyfr a derbyn cymeradwyaeth y dorf a sylw'r Parchedig. Wedi iddynt arwyddo, adrodda'r Parchedig eu henwau'n uchel a buddugoliaethus ar draws y sgwâr fel petai pob un yn wobr fawr.

'Mae gynnon ni naw deg wyth o enwau. 'Dan ni'n brin o ddau i wneud y cant.

Dewch... pwy fydd y ddau olaf? Oes 'na ddau arwr arall yn Llangefni heddiw?'

Erbyn hyn mae Owen a Gret yn troi tuag adref ym mreichiau ei gilydd. Dyfalodd Owen ym mha un o dafarndai'r dre y byddai Ifan ei frawd iau erbyn hyn. Wedi gweithio'n galed drwy'r wythnos arferai Ifan fynd i Langefni am feddwad haeddiannol ar ddiwrnod marchnad. Wrth adael y sgwâr mae Owen yn clywed llais cyfarwydd dros ei ysgwydd.

'Fi. Mi arwydda i nesa.'

Adnabu Owen lais ei frawd yn syth.

Tynna Owen ei gap stabl a rhedeg yn ôl i gyfeiriad y Bull lle gwêl ei frawd yn ysgwyd llaw John Williams. Ond erbyn iddo gyrraedd mae hi'n rhy hwyr gan fod Ifan wedi arwyddo'r llyfr.

'Na, tydi 'mrawd i ddim am listio. Tynnwch ei enw oddi ar y gofrestr. Dim ond deunaw oed ydy o. Mae o'n rhy ifanc.'

Pwyntiodd John Williams at y llyfr ar fonet y car a chodi ei fraich i ddathlu fel petai Ifan wedi ennill cwpan.

'Dach chi'n rhy hwyr – mae'r hogyn dewr yma wedi listio,' gwaeddodd y Parchedig yn orfoleddus. Clapiodd y dorf unwaith yn rhagor.

Gwthia Owen ei frawd a'i yrru'n bentwr i'r llawr.

'Be ti 'di neud, y penci gwirion? Neith Mam dy ladd di.'

Cododd Ifan a sefyll yn heriol. 'Dwi'n ddigon hen i benderfynu, Owen. Chdi sydd ddim digon o ddyn.'

Daw nwyon melys yr alcohol i ffroenau Owen. Roedd Ifan

wedi ei swyno gan yr achlysur a chymylai cwrw'r Foundry Vaults ei ben fel niwl.

Mae John Williams yn gweld ei gyfle i recriwtio'r brawd mawr er mwyn gorffen y job a chyflawni ei darged o gant o enwau. 'Mae gen i naw deg naw o enwau heddiw. Dwi'n chwilio am un arall i wneud y gatrawd yn gyflawn – Catrawd dewr o Hogia Cefni... dewch. Dwi isio un arall cyn amser cinio. Dewch, beth amdanoch chi y brawd mawr – listiwch chithau hefyd. Mi gewch chi fynd efo'ch brawd i *France* i edrych ar ei ôl o. Mi gewch ymladd efo'ch gilydd!'

Erbyn i gerbyd crand John Williams yrru oddi yno'r prynhawn hwnnw roedd gan y Parchedig gant o fechgyn yn ei rwyd a chinio mawr yn ei fol.

Pennod 2

Tachwedd 1918
Yn nyddiau olaf y Rhyfel Mawr

Yng nghanol llonyddwch y bore cerddai'r postman i lawr y lôn i gyfeiriad Llys Madryn gyda newyddion a fyddai'n gadael llawer mwy o ddinistr ar ei ôl na'r storm fawr a ymgasglai yn yr awyr uwchben y tŷ. Oedd, roedd yr olaf o feibion mab y Llys wedi ei ladd. Ar ôl gweld y llythyr yn ei fag dyna'r unig gasgliad y gallai Pitar Jôs y postman ddod iddo. Gyda dagrau yn llifo i lawr ei wyneb cerddodd Pitar yn araf i gyfeiriad y tŷ gyda'r llythyr yn ei law a'r dasg o rannu'r newyddion trist am y mab yn pwyso'n drwm ar ei ysgwyddau. Nid dyma'r llythyr cyntaf o'i fath i Pitar orfod ei gario. Roedd yn adnabod amlenni swyddogol y fyddin yn iawn erbyn hyn, rhain oedd y llythyrau fyddai'n troi gwragedd yn weddwon. Teimlai Pitar yn euog bob tro y deuai un o'r rhain i'w feddiant gan mai llygaid gwan Pitar wnaeth ei achub rhag ymuno â'r fyddin.

Gwyddai'n iawn sut ddiwrnod roedd hi am fod o'r cychwyn cyntaf y bore hwnnw, gan y byddai dau beth yn effeithio ar ei daith i Lys Madryn heddiw. Y llythyr yn ei law oedd y cyntaf a'r tywydd garw yn lledu ar garlam o gyfeiriad y môr oedd y llall. Cymylau mawr tywyll oedd yn fflachio ambell fellten wrth agosáu.

Llythyr *On His Majesty's Service*, oedd y llythyr ac ynddo'r geiriau llawer rhy gyfarwydd:

'I regret to have to inform you that a report has been received from the War Office to the effect that Private Owen Humphreys, Royal Welsh was posted as missing... presumed dead...'

Yn Llys Madryn y bore hwnnw roedd Helen, mam Owen yn y parlwr. Digon ansicr oedd hi ar ei thraed ar ôl bod yn ei gwely'n sâl ers rhai dyddiau. Heddiw teimlai fymryn bach yn well a phenderfynodd godi. Daeth Gret a Nansi y ddwy forwyn i mewn i'r ystafell a dechrau tacluso.

'Damia'r Rhyfel yma!' meddai Helen yn ddiamynedd.

Roedd hi'n gweld eisiau Owen ar adegau fel hyn. Agorodd lenni'r parlwr a gweld y postman ifanc yn nesáu at y tŷ. 'Dyma Pitar Jos ar y gair. Ella fod ganddo fo lythyr gan Owen.'

Cochodd Gret gan fod y garwriaeth rhyngddi a'r mab hynaf yn dal yn gyfrinach. Wrth glywed enw ei chariad aeth llaw Gret yn reddfol i'w phoced a theimlo'r fodrwy. Câi gysur wrth gyffwrdd yn y fodrwy ddyweddïo a gawsai gan Owain y tro diwetha y bu adref o'r fyddin.

'Duw… Pam mae Pitar Jôs yn crio?' holodd Helen yn dawel ond yn ddigon uchel i'r morwynion ei chlywed. Aeth y ddwy i sefyll wrth ochr Helen ac edrych drwy'r ffenest.

Wedi cyrraedd buarth y tŷ, yn lle postio'r llythyrau drwy'r drws, eisteddai Pitar ar y wal gyferbyn. Tynnodd ei het a'i siaced postman a'u lluchio mewn protest. Daeth mellten i hollti'r awyr uwch ei ben, dechreuodd y glaw ddisgyn, yn araf i gychwyn cyn dyrnu'n drwm a socian Pitar at ei groen mewn eiliadau. Doedd Helen ddim yn gallu dirnad yr olygfa a welai o'i blaen.

Ond doedd Pitar Jôs yn malio dim am y storm nac am unrhyw beth arall o ran hynny. Syllai yn syth o'i flaen a golwg llwyd y meirw arno.

'Be sy'n bod ar Pitar? Gret neu Nansi, gwell i un ohonach chi fynd allan i weld.'

Ond ni allai Gret na Nansi ei hateb nac ymateb i'w chais gan eu bod wedi eu sodro yn eu hunfan. Buan y sylweddolodd Helen y rheswm am ddagrau'r llanc. Cododd

Pitar ei law a dal amlen lipa a gwlyb yn uchel uwch ei ben yn y glaw mawr. Dywedai hynny'r cyfan.

Disgynnodd tristwch ac anobaith fel cwmwl coch o boen amdanynt.

Pennod 3

1919 Paris
Deufis wedi'r Rhyfel Mawr

Mae hi'n noson oer o Ionawr. Sylwch ar y ferch unig yng nghyntedd gwesty'r Majestic. Edrychwch arni'n cerdded hwnt ac yma'n ddiflas. Mewn ychydig eiliadau bydd ei byd yn troi ben i waered a daw iddi'r wefr hudolus a geir wrth syrthio mewn cariad am y tro cyntaf, a hynny gyda dieithryn llwyr...

Edrychai Megan Lloyd George ar yr olygfa drwy ffenestr gwesty'r Majestic. Doedd hi ddim yn gallu teimlo'r *joie de vivre* heno. Y cyfan a welai wrth edrych i lawr yr Avenue Kléber oedd palmentydd gwlyb a changhennau moel y coed. Cicio'i sodlau yng nghyntedd y gwesty moethus roedd Megan. Bellach yn tynnu at ei deunaw oed, roedd hi wedi cael llond bol. Llond bol ar fywyd caeth y gwesty a llond bol ar ei thad yn addo 'profiad dy fywyd' iddi – dim ond diflastod a gawsai hyd yma.

Yn ôl y papurau dyddiol, Cynhadledd Heddwch Paris oedd digwyddiad gwleidyddol pwysicaf y ganrif gan fod grymoedd mawr y byd yn casglu i benderfynu ffawd a chosb yr Almaen ar ôl y Rhyfel Mawr. Roedd ei thad wedi ei hesgeuluso. Ar ôl addo ei gwmnïaeth iddi bu'n swpera gyda Phrif Weinidog Ffrainc ac yn ciniawa gyda Woodrow Wilson, Arlywydd America. Doedd hi prin wedi ei weld ers iddynt gyrraedd Paris yn rhan o'r *British Delegation* – criw o weision sifil, morwynion a staff diogelwch. I ychwanegu at ei diflastod, roedd gan Megan gystadleuaeth go ffyrnig am sylw ei thad. Deuai'r gystadleuaeth o gyfeiriad Frances Stevenson, neu *The Governess* i roi ei theitl cywir iddi. Mi fynnodd y Saesnes ifanc lawer gormod o sylw ei thad, i blesio Megan. Awgrymodd Megan droeon wrtho nad oedd angen iddo gyflogi Frances i'w gwarchod mwyach – ond doedd ei thad ddim am wrando arni. Yn answyddogol, gwyddai pawb mai yno i blesio Lloyd George ei hun roedd Frances mewn gwirionedd.

Yn ôl y cloc yng nghyntedd y gwesty roedd hi'n hanner awr wedi saith y nos, gan olygu bod Frances hanner awr yn hwyr. Roedd y ddwy wedi trefnu swper am saith, ond doedd dim sôn am y *Governess*. Tybiai Megan mai yn fflat ei thad ar y *Rue Nitot* yr oedd hi, galifantio yn fanno, a Duw a ŵyr beth arall, ac wedi anghofio popeth am y trefniant. Chymerai neb fawr o sylw o Megan yn y Majestic heno. Er iddi etifeddu hyder a phendantrwydd ei thad, un gyffredin a di-liw, fel ei mam, oedd Megan o ran ei hymddangosiad. Yn wahanol i Frances Stevenson wrth gwrs, roedd honno'n goleuo pob ystafell fel glöyn byw. Wrth iddi sefyllian clywodd Megan leisiau dynion yn dadlau. Yn y fynedfa o'i blaen gwelai ddyn hynod olygus, oddeutu pump ar hugain oed, yn dadlau gydag un o'r staff. Roedd hi'n amlwg fod y swyddog yn gwrthod gadael i'r dyn ifanc ddod i mewn i'r gwesty. Ar ôl clywed y dyn ifanc yn crybwyll enw Lloyd George, symudodd Megan yn nes er mwyn clywed beth oedd ganddo i'w ddweud.

'No, you can't come in. The Prime Minister will not see you. I don't care what you have for him. You're wasting your time.'

Gwyliai Megan bob symudiad y dyn trawiadol hwn fel petai hi wedi ei swyno ganddo. Wedi iddo gael ei wrthod gan y swyddog, cerddodd y dyn penfelyn i lawr *Avenue Kléber* i gyfeiriad y Seine. Synhwyrai Megan mai diystyru'r dyn oedd y peth callaf i'w wneud, ond roedd yr awydd i'w ddilyn yn gryfach. Daeth ton o hyder direidus drosti. Na, stwffio'r rheolau, roedd hi am fynd yn ôl ei greddf a doedd Frances na'i thad ddim yno i'w hatal. Gadawodd Megan y gwesty yn llawn hyder ac yn benderfynol o ddatrys dirgelwch y dieithryn. Pam na allai hithau hefyd gael antur yn ninas y cariadon fel pawb arall? Roedd y ffaith fod ei thad a Frances mor esgeulus ohoni yn ychwanegu at ei phenderfyniad.

Pennod 4

Dilynodd Megan y dyn i lawr y *Rue de Belloy*. Cadwai lathenni y tu ôl iddo rhag iddo amau ei bod yn ei ddilyn. Wrth groesi'r Seine stopiodd y penfelyn ar y bont a thanio'i sigarét o dan un o'r lampau olew. Arafodd Megan. Ar ôl chwythu cwmwl o fwg i'r awyr uwch ei ben edrychodd y dyn ifanc i lawr y stryd ac yn syth at Megan. Cyflymodd ei chalon, roedd o wedi ei gweld ac yn syllu'n syth tuag ati. Gwenodd hi'n swil ond edrychodd y dyn ifanc yn syth drwyddi fel petai hi'n anweledig.

Cerddodd y dyn ymlaen, yn gyflymach y tro hwn. Dilynodd Megan, ychydig yn llai hyderus ar ôl iddo edrych arni mor ddi-hid. Hanner ffordd i lawr y *Boulevard Saint-Germain* stopiodd y dyn o flaen bwyty'r *Brasserie Lipp* ac astudio'r fwydlen yn y ffenest. Gwelodd Megan ei chyfle. Aeth i sefyll wrth ei ochr, mwstrodd ei holl hyder cyn siarad.

'*Bonjour, Monsieur,*' meddai.

'*Bonsoir, Mademoiselle,*' atebodd yntau'n gwrtais. O'r acen roedd hi'n amlwg nad Ffrancwr oedd y dyn golygus a safai'n dalsyth o'i blaen.

'Dwi'n chwilio am rywle i fwyta. Ydach chi'n argymell y bwyd yn y lle yma?' byrlymodd Megan yn Ffrangeg.

Goleuodd wyneb y dyn, fel petai'n falch o gael rhannu ei wybodaeth.

'Os dach chi'n hoffi bwyd ardal Alsace mae'n debyg mai dyma'r lle gorau ym Mharis. Mae'r *cervelas* yn anfarwol yn ôl y sôn'

'Perffaith. Dach chi'n bwyta yma heno?' holodd Megan gan geisio gofyn ei chwestiwn awgrymog yn ysgafn.

'Ydw. Dwi'n credu fy mod i,' atebodd.

'Wel… gan 'mod i ar fy mhen fy hun… ydach chi am rannu bwrdd?'

'Pam lai, pam lai,' atebodd y dyn a cheisio denu sylw'r gweinydd diog a safai gerllaw.

Ar ôl eistedd wrth fwrdd clyd i ddau, cyflwynodd y dyn ei hun yn hynod ffurfiol.

'Franz Kruger. O Stuttgart. Dwi'n gweithio i gwmni Daimler – ac ym Mharis i geisio gwerthu ceir.'

Roedd ffurfioldeb y gŵr ifanc wedi ei thiclo. Cyflwynodd Megan ei hun yn yr un modd ffurfiol.

'Megan o Brydain sy'n aros yn y Majestic.'

Syllodd Franz arni gyda hanner gwên. Tybed oedd hon yn ei ddynwared?

'Dyna gyd-ddigwyddiad. Dwi newydd ddod o'r Majestic.'

'Dwi'n gwybod. Mi welais i chi yno,' meddai Megan gyda gwên ddireidus.

Gwawriodd arno fod y ferch wedi ei ddilyn ar ôl ei weld yno. Chwarddodd y ddau. Ac yn y foment honno syrthiodd Megan mewn cariad a'r llygaid caredig glas a syllai'n ôl arni'n hoffus a syn. Oedd, roedd hi'n dyheu am y dyn yma, doedd yr un o'r bechgyn gartref wedi deffro ei synhwyrau fel hyn.

Daeth y gweinydd at y bwrdd a chymryd eu harcheb. Archebodd Franz y *cervelas* ar ran y ddau. Doedd Megan yn malio dim am y bwyd. Os oedd Franz yn hapus – yna byddai Megan yn sicr o fod yn hapus.

Dechreuodd Franz adrodd hanes ei fywyd gan gynnwys ei gyfnod yn y fyddin. Y cyfan a wnâi Megan oedd syllu ac edmygu. Edmygai'r ffordd y siaradai Franz, y ffordd y crychai ei dalcen, y ffordd y symudai ei ddwylo'n frwdfrydig wrth siarad. Aeth geiriau Franz i mewn trwy un glust ac allan drwy'r llall. Roedd hi eisiau ei gyffwrdd, cyffwrdd ei law, ei fraich, ei gusanu.

Yna daeth llais y gweinydd ar eu traws. '*Cervelas rémoulade*,' dywedodd yn swrth gan roi'r platiau o selsig traddodiadol i lawr o'u blaenau.

'Gobeithio fod y bwyd yn well na'r gwasanaeth,' sibrydodd Franz ar ôl i'r gweinydd fynd. Chwarddodd Megan yn iach, doedd hi erioed wedi bod mor hapus.

Ar ôl bwyta cynigiodd Franz sigarét i Megan. Doedd hi erioed wedi smocio o'r blaen ond mi gymerodd un. Os oedd Franz am smôc yna roedd Megan am smôc hefyd.

'Glywais i chi'n gofyn am weld Lloyd George. Pam roeddech chi'n holi amdano?' holodd Megan ar ôl cofio am y digwyddiad yn y Majestic.

'A! Wrth gwrs,' meddai Franz, gan chwalu ei sigarét yn y blwch llwch o'i flaen, 'dwi eisiau dychwelyd rhywbeth wnes i ei ddwyn oddi wrth filwr Prydeinig ar faes y gad.'

'O?' holodd Megan. Doedd hi ddim wedi dychmygu Franz yn lleidr.

Adroddodd Franz hanes yr hyn ddigwyddodd iddo ar faes y gad ar ôl Brwydr Beaurevoir. Ffugiodd ei farwolaeth a chogio ei fod wedi marw. Arhosodd nes iddi nosi cyn cropian yn ôl at ei filwyr ei hun yn y tywyllwch. Yn y tywyllwch o'i flaen gwelodd lyfr bach du yn y mwd. Wrth nesáu sylwodd fod dwrn nerthol yn gafael yn y llyfr. Llwyddodd Franz i ddynnu'r llyfr allan o'r llaw a'i wthio i mewn i'w diwnig cyn dal i lusgo ymlaen. Roedd rhywbeth yn ei rwystro rhag symud, edrychodd yn ei ôl a gweld llaw'r milwr yn gafael yn ei drowsus. Ciciodd Franz y llaw i ffwrdd a dal i lusgo'n gyflym drwy'r llaid. Aeth Franz i boced ei siaced, nôl y llyfr a'i roi ar y bwrdd o flaen Megan.

'Mi oeddwn yn meddwl fod cyfrinachau milwrol ynddo efallai, ond ar ôl edrych arno yng ngolau dydd, sylweddolais mai llyfr personol y milwr oedd o. Yn waeth na hynny mi gymerais y llyfr allan o law y milwr druan a hwnnw'n gorwedd ar faes y gad. Dwi wedi teimlo'n euog fyth ers hynny.'

'Mae hwn yn Gymraeg,' meddai Megan ar ôl agor y llyfr a darllen y geiriau ar y dudalen gyntaf.

'Y cyfan roeddwn i'n ceisio ei wneud yn y Majestic heno oedd ei ddychwelyd. Y rheswm y gofynnais i am y Prif Weinidog David Lloyd George oedd achos fod tad y milwr yma'n ei nabod o'n dda... Edrychwch ...'

Darllenodd Megan eiriau cyntaf y llyfr. Er fod golwg blêr ar glawr y llyfr roedd llawysgrifen yr awdur yn daclus:

Owen John Humphreys – Gwalchmai.

Catrawd Hogia Cefni

'Lloyd George knew my father, father knew Lloyd George.'

Gwenodd Megan. 'Jôc ydy'r geiriau yna, Franz. Cân yr arferai'r milwyr ei chanu wrth orymdeithio.' Canodd Megan y geiriau i diwn adnabyddus 'Onward Christian Soldiers'.

'A! Dwi'n ffŵl,' meddai Franz gan chwerthin yn uchel a chwalu sigarét arall i'r blwch.

Ffŵl a gaiff wneud cymaint o ffwlbri ag y myn i mi, meddyliodd Megan yn dawel.

'Dwi'n fodlon dychwelyd hwn i deulu'r milwr os dach chi'n fy nhrystio i,' cynigiodd Megan.

'Wrth gwrs 'mod i'n eich trystio chi. Mi fuaswn yn ddiolchgar iawn. Diolch i chi,' meddai Franz yn werthfawrogol.

'Croeso, Franz. Dwi am ddechrau darllen y llyfr hwn heno yn fy ystafell yn y Majestic. A phan gaf i gyfle mi af i Walchmai i'w ddychwelyd i deulu'r milwr. Mi fydd o'n bleser cael gwneud.'

Rhoddodd Megan y llyfr yn ofalus yn ei bag.

'Mi dalaf i am swper heno,' mynnodd Franz yn wresog.

Wrth iddo agor ei waled syrthiodd ffotograff allan ohono.

Yn y llun roedd Franz fraich ym mraich gyda menyw ifanc hardd â blodau yn ei gwallt.

'Fy ngwraig, Helga,' meddai'n dawel gyda thinc o ymddiheuriad yn ei lais ar ôl gweld wyneb siomedig Megan.

Tarodd y geiriau hi fel gordd a suddodd ei chalon i'r dyfnderoedd. Llwyddodd i reoli ei theimladau ond bu'n rhaid iddi sychu un deigryn bach o gornel ei llygad rhag iddo ddianc. Wrth sylwi fod Megan o dan deimlad, edrychodd ar ei oriawr er mwyn newid y pwnc. Deg o'r gloch. Amser da i adael, meddyliodd.

'Dwi wedi mwynhau eich cwmni'n arw. Mi fydd hi'n bleser eich cerdded chi 'nôl i'r Majestic.'

A chyda hynny daeth carwriaeth Franz a Megan i ben cyn iddo gychwyn. Ond o dro i dro, yn dawel bach, pan edrychai Megan yn ôl ar ei bywyd, trysorai ddiniweidrwydd y cariad amrwd a deimlodd y noson honno.

Pennod 5

Dyddiadur Owen John Humphreys – Un o Hogia Cefni
'Lloyd George knew my father, father knew Lloyd George'

Gorffennaf 1915. Oswestry. Military Training Camp
Mis o danio gynnau, martsio a gyrru bidog drwy'r sachau tywod. Heddiw – y peth gwaethaf erioed – tyngu llw i'r Brenin. Y llo diog, ond mi nes. Fel 'dan ni wastad yn ei wneud!

Yn y llyfr bach yma dwi am wneud ambell nodyn a hel atgofion ar yr un pryd – bydd fawr o drefn arnynt. Helynt y fyddin ac ychydig o hanes fy mywyd. Sgwennu i basio amser!

Genedigaeth
Yn Llys Madryn, Gwalchmai y ganwyd fi am hanner awr wedi un y bore ar y cyntaf o Ionawr 1892. Yn ôl fy nhad roeddwn i'n lliw porffor a chododd y fydwraig fi gerfydd fy nhraed a rhoi sawl swaden i mi ar fy nhin er mwyn fy nghael i anadlu. Dechreuais grio ac yn ôl Mam wnes i ddim stopio crio nes o'n i'n flwydd oed.

Bedyddiwyd fi'n Owen John Humphreys, mab cyntaf Jacob a Helen Humphreys.

Yn ystod yr adeg honno roedd Gwalchmai yn enwog am dri pheth – pregethwyr, potsiars a phorthmyn, y tair 'P'. Perthyn i'r drydedd garfan o'r rhain roedd fy nhad, Jacob Humphreys, gan mai prynu a gwerthu anifeiliaid oedd ei fusnes. Yn ei ddydd, Jacob, fy nhad, oedd y pen bandit – y porthmon mwyaf llwyddiannus ar Ynys Môn. Dyn bach, a thaclus fel ficer – gwnaeth ei arian drwy brynu moch gan y ffermwyr lleol ac ar ôl eu pesgi eu gwerthu am elw da i brynwyr yn y dinasoedd mawr fel Birmingham a Glasgow. Ar y llaw arall roedd Helen, fy mam, yn fenyw dal, bryd golau, ond doedd ganddi hi fawr o ddiddordeb mewn ffermio.

Mae yna lun o fy rhieni, a fi ym mreichiau Mam, yn sefyll y tu allan i Lys Madryn. Cymerodd fy nhad dair blynedd i adeiladu Llys Madryn ar ôl chwalu bwthyn bach o'r enw Madryn a arferai fod yno. Tŷ crand gydag wyth ystafell wely a chwech o ystafelloedd byw. Gorffennwyd y gwaith adeiladu wythnos cyn i mi ddod i'r byd.

Yn yr un cyfnod, ym mhentref Gwalchmai ei hun, ganed Gret Jones ychydig wythnosau'n unig ar f'ôl i, yn blentyn i Edward ac Ann Jones. Nhw oedd ymysg y tlotaf o bobl dlawd Gwalchmai. Os mai Jacob fy nhad a hawliai deitl y porthmon gorau, yna Edward Jones oedd brenin y potsiars.

*   *   *

5 Awst 1915. Lyndhurst yn y Fforest Newydd
Fi, fy mrawd Ifan a 98 arall o hogia Cefni yn llawn bwrlwm a thynnu coes ac un swyddog uchel ael o Sais i ofalu amdanom. Fory 'dan ni yn gorymdeithio yr holl ffordd i Southampton – ac wedyn yn croesi i Zebrugge – gwlad Belg.

Pysgota efo Nhad
'Dwi'n mynd tua'r Hendre,' dyna arferai Nhad ddweud wrth fy mam. Ar ei ffordd i ddarllen stori yn y gwely i Ifan fy mrawd bach oedd Mam.

Cyfeirio at Lyn yr Hendref roedd Dad. Er ei bod hi'n hwyr, dechreuais bledio am gael mynd efo fo.

'Ga i ddod?' gofynnais yn gwynfanllyd gan mai gwrthod fyddai Mam bob tro.

'Na, chei di ddim. Fydd dy dad ddim yn ôl tan yn hwyr.' Dyna fyddai ei hateb arferol – ond y noson honno, cytunodd Mam.

'Iawn – ond gwisga gôt, rhag iddi oeri – a phaid â mynd i mewn i'r dŵr.'

Ar ôl cerdded yn ofalus drwy'r gwlyptir mawnog am rai munudau, stopiodd Nhad a chodi carreg.

'Gwylia a dysga,' dywedodd. Lluchiodd y garreg at y tir mawnog o'n blaenau a phlymiodd y garreg i ddyfnderoedd pwll o ddŵr mwdlyd.

'Cofia fod 'na byllau peryglus fel hyn mewn ambell le. Os syrthi di i mewn paid â mynd i banig. Symuda'n araf a chod dy hun allan, heb chwifio dy freichiau na chicio dy goesau'n wyllt.'

Pwyntiodd Nhad at y grug wrth ei draed. 'I fod yn saff, cerdda ar y tir lle mae blodau'r grug yma'n tyfu. Mi nawn nhw dy gadw di'n ddiogel, fy ngwas i.'

Mi gofiaf y wers honno am byth.

Dyma ni'n cerdded o amgylch y pwll a mynd yn ein blaenau i gyfeiriad y llyn.

'Pwy dach chi'n meddwl ydy pysgotwyr gorau Sir Fôn?' holais wrth iddo ddechrau castio'i bluen i'r dŵr.

Roedd ganddo ateb parod a phendant. 'Potsiars Gwalchmai. Maen nhw'n gyfrwys iawn.'

'Pwy ydy potsiars Gwalchmai?'

Er bod llawer o sôn amdanynt doedd gen i ddim clem pwy oedd y dynion hynny. Cyffyrddodd yn ei drwyn i awgrymu cyfrinach.

'Maen nhw o'n cwmpas ni ym mhobman.'

'Pam nad oes na ddim potsiars yn dod i Lyn yr Hendre?' holais.

Gwenodd Nhad gan fod yr eglurhad yn un syml.

'Does na ddim samwn yn y llyn yma. Dyna mae'r potsiars ar ei ôl.'

Bron ar y gair daeth Edward Jones i'r golwg yn llusgo anifail o ryw fath y tu ôl iddo. Dysgais wedyn mai ef oedd *potsiar mwyaf yr ardal. Yn ei ddilyn yn ufudd roedd ei ferch Gret. Oherwydd ei fywyd caled, edrychai Edward yn hŷn na Nhad er fy mod yn amau ei fod ychydig yn iau. Nid dyma'r tro cyntaf i mi sylwi ar lygaid llwyd bywiog Gret. Heddiw rhoddai tro bach del ei thrwyn smwt olwg ddireidus i'w hwyneb. Yn ddeng mlwydd oed roeddwn i wedi fy swyno. Stopiodd y ddau i wylio Dad yn castio. Dyn byr, cyhyrog a hyderus yr olwg oedd Edward a chanddo duedd i bryfocio pawb, gan gynnwys fy nhad.*

Wedi ei astudio'n castio gwaeddodd Edward arno, 'Dim ond annwyd dach chi am ei ddal efo'r castio yna.'

'Noswaith dda, Edward. Beth sydd i swper?' holodd Nhad.

Daliodd Edward sgwarnog fawr yn uchel er mwyn dangos yn union beth fyddai ei swper. Wrth iddo wneud hynny agorodd ei gôt hir – ynddi roedd llond gwlad o arfau hela – trap, cyllell i flingo a phistol cowboi fel yr enwog Buffalo Bill.

Edrychodd Gret arna i. Sefais yn fud, yn methu dod o hyd i eiriau. Er bod Gret yn yr un dosbarth yn yr ysgol leol, doedden ni erioed wedi torri gair â'n gilydd. Ei hedmygu o bell fyddwn i. Wedi ffarwelio, cerddodd Edward a Gret i gyfeiriad Gwalchmai.

Canol Awst 1915
'Dan ni ar gwch o'r enw Lake Michigan. *Mi fyddwn yn glanio yn Zebrugge fory. O fan'no mi awn ar drên i ddinas Bruges. Mae hi'n ddinas brydferth yn ôl y sôn.*

Diwedd Awst 1915
Yn Ninas Bruges. Cawsom groeso mawr gan y dinasyddion heddiw. Cawson anrhegion ganddyn nhw, poteli gwin, coffi a sigaréts. Cymeron nhw'r botymau arian oddi ar ein cotiau yn souvenirs. Doedd gen i yr un botwm ar ôl ar fy nghot erbyn i mi gyrraedd y barics heno.

Diwrnod Du – Cofio Colli Nhad

Cefais yr hanes gan Gruffudd y fforman pan oeddwn yn ddigon hen i ddeall. Diwrnod talu'r ffermwyr yn Nhafarn y Foundry Vaults yn Llangefni oedd hi. Ar y bwrdd o'i flaen roedd Nhad wedi gosod pentyrrau taclus o arian ac yn ei law daliai restr o enwau'r ffermwyr. Mewn colofnau trefnus cofnodid y swm a oedd yn ddyledus iddynt. Dyma'r drefn bob tro – taro'r fargen ar fuarth y fferm ac yna dod i dafarn y Foundry i dderbyn eu tâl.

Wrth ymyl Jacob safai'r fforman, Gruffudd. Clamp o ddyn, ychydig yn hŷn na Nhad a chanddo glust y ffermwyr lleol. Roedd Gruffudd yn hynod ddefnyddiol oherwydd ei fod yn gallu rhesymu gyda'r amaethwyr lleol pe bai angen siarad yn blaen. Ond nid Jacob Humphreys, Llys Madryn, oedd yr unig borthmon yn yr ardal, yn wir roedd ganddo gystadleuaeth. Eisteddai un ohonynt, Harri Lewis, yng nghornel bellaf y dafarn, a gwyliai Harri bob symudiad o eiddo Jacob.

'Fi fydd y top dog yn y lle 'ma ryw ddiwrnod, gei di weld,' meddai Harri yn ddigon uchel fel y gallai pawb yn y dafarn ei glywed. Doedd ei ffrind, Dilwyn, a eisteddai gyferbyn ag o, ddim mor siŵr. Dau ddigon blêr yr olwg oedd Harri a Dilwyn bob amser. Dwi'n eu cofio nhw'n iawn o gwmpas Gwalchmai yn hel diod. Rhoi ei farn ar y byd a'i nain a chanmol ei hun i'r entrychion oedd diléit Harri. Gwrando'n dawel a wnâi Dilwyn gan dynnu ar ei sigarét ac yfed ei beint am yn ail.

Ar ddiwrnod talu ffermwyr gwnâi Nhad a Gruffudd ymdrech i dacluso ac edrych yn barchus, ond dillad gwaith yn drewi'n drwm o arogl tail a biswail a wisgai Harri a Dilwyn. Deuai'r ddau i'r dafarn i feddwi ac edmygu ambell ferch ifanc a gerddai heibio'r ffenest. Roedd ymffrost Harri yn honni ei fod yn anelu am fod yn top dog, a bod felly yn fwy llwyddiannus na Jacob Humphreys, yn dipyn o ddweud. Eto, doedd Dilwyn ddim am adael i'w ffrind anghofio hynny.

'Tybad?'

Ffordd Dilwyn o anghytuno â'i ffrind oedd yngan y gair 'tybad'. Roedd cymharu busnesau fy nhad, Jacob Humphreys, â Harri fel cymharu un o siopau mawr Llundain gyda siop y gornel. Fyddai neb yn gwadu llwyddiant masnachol Jacob. Rhoddai gannoedd o foch wedi'u pesgi ar y trên a'u gyrru am y dinasoedd mawr yn wythnosol.

'Fi sydd wedi gwerthu'r nifer fwyaf o foch heddiw,' meddai Harri, yn fwriadol uchel fel y gallai Nhad a Gruffudd ei glywed o ben arall y dafarn.

Doedd Nhad a Harri ddim mewn cystadleuaeth o gwbl gan mai gwerthu moch bach o gwmpas trigolion yr ardal yn unig a wnâi Harri. Yn ôl Gruffudd, y fforman, gwaeddodd Nhad ar draws y dafarn, 'Mae gen ti feddwl mawr ohonot dy hun, Harri Moch Bach. Mae'r cwrw yna'n dechrau mynd i dy ben di.'

Roedd Jacob a Gruffudd wedi hen arfer â Harri a'i geg fawr ac yn gwybod yn union sut i'w roi yn ei le. Dechreuodd Dilwyn chwerthin wrth wylio wyneb syn ei ffrind yn chwilio am eiriau i'w ateb yn ôl. Byddai Harri yn casáu gweld pa mor drefnus oedd Nhad ac yn casáu cael ei alw'n 'Harri Moch Bach' hyd yn oed yn fwy byth.

'Pwy wyt ti'n feddwl wyt ti, Lloyd George ei hun?' gwaeddodd Harri yn ôl yn heriol, gan ychwanegu ar ôl ennyd:

'Bydd y dyn nesa i 'ngalw i'n Harri Moch Bach yn cael hon,' gan godi ei ddwrn a'i ysgwyd yn fygythiol.

'Dwi'n meddwl fod dynion Llangefni i gyd yn cachu yn eu trwsusa wrth weld y dwrn bach 'na!', gwaeddodd Nhad.

Ar hynny aeth Jacob am y drws cefn i gael smôc, ac i gael llonydd rhag Harri a'i geg fawr. Cyn iddo gyrraedd y drws mi syrthiodd yn farw. Roedd yr holl beth drosodd mewn chwinciad. Trawiad ar y galon.

1 Medi Ypres.

Ar ôl gadael Bruges aethon ni i'r dref harddaf i mi ei gweld yn fy nydd erioed. Y prydferthaf o drefi a phawb yn hapus. Yng nghanol y dref safai'r Cloth Hall yn ei holl ogoniant canoloesol.

Fy Ewythr – Elfed Humphreys

Wythnos ar ôl marwolaeth Nhad dwi'n cofio'r distawrwydd llethol ym mhobman. Roedd hyd yn oed y moch ar y ffarm fel petaent yn galaru. Dwi'n cofio un noson yn enwedig. Wythnos ar ôl ei gladdu. Eisteddai Mam yn fud wrth fwrdd y gegin yn gwylio Nansi Jones y forwyn yn gweini swper i ni. Gwraig dawel ond prysur fel wiwer oedd Nansi. Eisteddai Gruffudd y fforman wrth y bwrdd bwyd gyda fi a Mam.

Edrychai Nansi yn annifyr gan iddi fethu efo sawl ymgais i gychwyn sgwrs. Atebai Mam ei chwestiynau yn unsillafog. Roedd colli Nhad wedi ein taro ni'n drwm. Roeddwn i'n rhy ifanc i ddeall galar mewn gwirionedd, ond roedd ysbryd Mam wedi ei dorri. Doedd hynny'n fawr o syndod, o ystyried sydynrwydd marwolaeth ei gŵr a'r ffaith fod y farwolaeth mor annisgwyl ac yntau'n ddim ond hanner cant oed.

'Mae angen talu'r ffermwyr lleol fory, Mrs Humphreys.'

Gwyddai Mam y drefn yn iawn. Arferai Jacob, fy nhad, adael y tŷ yn fore a mynd i Langefni gyda Gruffudd i nôl arian o'r banc er mwyn talu'r dyledion.

'Wrth gwrs... faint o'r gloch awn ni, Gruffudd?'

'Naw yn ddigon cynnar, Mrs Humphreys.'

Tarfwyd ar y tawelwch gan sŵn carnau ceffyl ar y cerrig crynion y tu allan. Dilynwyd hynny gan sŵn cnocio caled a chadarn ar ddrws y Llys. Adnabu Mam y gnoc a gwyddai'n syth pwy oedd yno a beth fyddai pwrpas ei ymweliad.

'Elfed,' sibrydodd Gruffudd dan ei wynt a chodi o'r bwrdd ar yr un pryd.

'Paid â symud o dy gadair, Gruffudd, dwi am i ti aros.'

Aeth Nansi i ateb y drws. Elfed Humphreys oedd yno, brawd iau fy nhad. Dyn byr gyda thrwyn mawr a llais anarferol o gras. Gwyddai pawb o amgylch y bwrdd ei fod wedi dod yno i geisio meddiannu busnes llwyddiannus fy nhad. Gan fod wythnos bellach ers yr angladd, teimlai Elfed fod yr amser wedi dod i roi ei achos gerbron y teulu. Bwriadai egluro wrth y weddw ifanc mai ef fyddai'r person gorau i gymryd drosodd gwaith ei frawd. Ychydig a wyddai Elfed fod gan fy mam gynlluniau ei hun a'i bod hi eisoes wedi eu gweithredu.

Wedi ei groesawu i mewn i'r tŷ awgrymodd Nansi i Elfed y byddai'n well iddo fynd i'r parlwr gan fod Helen yn y gegin yn cael ei swper. Edrychodd Elfed dros ysgwydd Nansi a phenderfynu diystyru ei hawgrym a llithrodd heibio iddi i'r gegin.

Anelodd ei eiriau cyntaf at Gruffudd:

'Dwi ishe gair efo Helen… ar ei phen ei hun.'

'Mae Gruffudd yn aros yma,' meddai Mam yn gadarn.

'Tynna dy gap yn y tŷ,' ychwanegodd Gruffudd wrtho.

Chwipiodd Elfed ei gap stabl oddi ar ei ben a'i bwyntio yn fygythiol at Gruffudd.

'Dwi ddim yn cymryd ordors gen unrhyw was, ti'n deall. Dwi yma i drafod busnes fy mrawd. Well i chdi fynd o ma achos dwi am gael gair personol efo Helen.'

Ond doedd Mam ddim am ildio iddo.

'Dwi wedi gwneud fy mhenderfyniad yn barod. Gruffudd fydd yn cymryd y busnes drosodd.'

Syllodd Elfed yn ôl arni'n geg agored.

'Mae Jacob wedi ei ddysgu o'n dda. Does dim angen help arnon ni. Ond eto i gyd, diolch am y cynnig,' ychwanegodd Mam yn gwrtais ond yn gadarn ar yr un pryd. Trodd Elfed ar ei sawdl ac mewn corwynt o dymer gwthiodd Nansi o'r neilltu wrth ruthro allan.

8 Medi

Daeth yr alwad i godi arfau. Mae byddin y Crown Prince *yn nesáu at Ypres a'n gwaith ni yw eu rhwystro nhw a gwarchod y lôn i Galais. Fory rhaid ymladd a dal y lôn hon, achos hi yw'r wythïen a allai gario'r gelyn yr holl ffordd i'r arfordir.*

Diwrnod olaf yn Ysgol Gwalchmai

Miss Jones oedd yr athrawes orau ges i erioed. Roedd ganddi'r gallu i gael yr ymateb gorau gan bawb, a'r ddawn i wneud i bawb deimlo'n bwysig. Yn ôl rhai, fi oedd y disgleiriaf o'r bechgyn yn y dosbarth. Ar ôl ysgol Gwalchmai, Ysgol Ramadeg Friars ym Mangor oedd yn aros amdanaf.

Y disgleiriaf o'r merched oedd Gret Jones, cannwyll fy llygaid. Roeddwn mewn cariad efo hi o'r cychwyn cyntaf. Cariad hogyn ysgol – cariad gonest, cariad diniwed – ond roeddwn i'n rhy swil i wneud mwy na gwyro fy mhen a chiledrych arni – a chochi bob tro y byddai hi'n edrych draw tuag ataf. Yn wahanol i mi, ar ôl gorffen yn ysgol y pentref, gwaith yn forwyn fach ar un o'r ffermydd lleol oedd yn aros amdani.

Ar ein diwrnod olaf, roedd Bet Jones, neu Miss Jones i ni'r plant, wedi gwahodd pob un ohonom i ddod ag un peth o'n cartrefi i ddangos i weddill y dosbarth. Eisteddem ni'n falch y tu ôl i'n desgiau gyda'r un peth arbennig hwn wedi ei osod ar y ddesg o'n blaenau. Doliau oedd ar ddesgiau y rhan fwyaf o'r merched, ond y peth mwyaf trawiadol oedd y ffidil ar fy nesg i. Roedd dau o blith y plant heb yr un teclyn, a'u desgiau'n tynnu sylw am eu bod mor wag. Y cyntaf o'r rheiny oedd Pitar Jôs – fy ffrind. Y peth roedd Pitar mwyaf balch ohono yn y byd oedd ei hen nain. Roedd Pitar wedi denu'r hen wraig i lawr i'r ysgol ac wedi ceisio ei denu i mewn i'r dosbarth. Gorfod i Miss Jones hebrwng y druan fach adref cyn dychwelyd a rhoi Pitar ei hun i sefyll ar gadair a wynebu'r wal yn gosb.

Gret Jones oedd yr un arall â'i desg wag. Doedd ganddi ddim byd i'w ddangos.

'Lle mae dy un peth arbennig di? Does gen ti ddim byd, nag oes?' meddai Martha'n sbeitlyd.

Byddai Martha, y ferch a eisteddai wrth ei hochr wrth ei bodd yn ei phoenydio. Gwyddai Martha'n iawn sut y medrai yrru Gret i grio, a dyna oedd ei bwriad bob tro. Yn ffodus, medrai Miss Jones synhwyro fod rhai o'r merched yn eiddigeddus o allu Gret, a byddai'n ei gwarchod yn ofalus. Cymerai ofal mawr ohoni, diolch i'r drefn.

'Gret Jones, dwi am i ti ddod yma i'r tu blaen ataf i,' meddai wrthi.

Galwodd Bet ar Gret yn uchel ac yn awdurdodol fel petai hi am roi statws iddi. Sychodd Gret ei dagrau wrth gerdded ati o gefn y dosbarth. O dan y gwallt afreolus a'r dillad blêr, roedd yn meddu ar ryw brydferthwch swil. Er nad oeddwn am gyfaddef wrth neb, meddyliwn amdani bob gyda'r nos ar ôl dychwelyd i Lys Madryn. Dyna oedd fy nghyfrinach fawr gan nad oedd mab y Llys fod teimlo felly am ferched o'r cartrefi tlawd.

Ar ôl i Gret gyrraedd y ddesg dechreuodd Miss Jones egluro i'r dosbarth fod Gret wedi dod â rhywbeth, wedi'r cyfan.

'Y dasg oedd i chi ddod â'r hyn roeddech chi mwyaf balch ohono. Mae Gret wedi dod â rhywbeth arbennig iawn. Ond cyn i ni ddatgelu beth ydyw – dwi am roi papur a phensiliau i chi i gyd. Gewch chi wneud llun unrhyw beth yr hoffech chi.'

Yn ôl yr arfer, ar ddiwrnod olaf y tymor aeth y dosbarth yn ddistaw fel y bedd wrth i ni'r plant ddechrau tynnu lluniau. Cerddodd Bet Jones drwy'r tawelwch gan sylwi ar waith y plant. Roedd hogyn o'r enw Ifor Innes wedi gwneud llun o hwch fawr dew yn ôl ei arfer.

'Ifor Innes, llun o fochyn sydd gen ti unwaith eto. Ydy hyn

yn rhyw fath o gyffesiad? Ai ti agorodd giât fferm Ty'n Rardd a gadael yr hwch allan i'r lôn fawr?'

Roedd Ifor a Pitar Jôs wedi creu helynt ym mhentref Gwalchmai ar ôl rhyddhau'r hwch fawr i fynd ar garlam drwy'r pentref.

'Naci, Miss. Pitar Jôs ddaru, Miss.'

'Na. Dim fi na'th!' gwaeddodd Pitar yn ôl.

Roedd Bet wedi anghofio bod Pitar yn dal yng nghornel yr ystafell yn derbyn ei gosb.

'Hen gnafon drwg 'dach chi i gyd,' dwrdiodd Bet cyn mynd draw i weld gwaith Gret.

Roedd Gret wedi tynnu llun robin goch.

'Dyma'r robin sy'n dod i gefn y tŷ i ddwyn briwsion,' cyhoeddodd Gret heb dynnu ei llygaid oddi ar ei gwaith.

Edmygodd Bet waith gofalus Gret. Sychodd ddeigryn bach o gornel ei llygad. Doedd hi byth yn dangos emosiwn o flaen y plant fel arfer ond roedd heddiw'n wahanol.

Doedd gan Bet ddim plant a dwi'n credu y buasai hi wedi bod wrth ei bodd o gael magu plentyn fel Gret. Gwyddai pawb hefyd am y caledi fyddai'n wynebu Gret yn gweithio fel morwyn fach. Adeg hynny byddai'r morwynion bach yn codi am bump, gosod y bwrdd i'r gweision a'r gweithwyr, helpu'r forwyn fawr i goginio, godro a gwneud y gwlâu, gwneud cinio a swper a thendio i anghenion yr holl deulu bob awr o'r dydd am geiniogau o dâl. Na, doedd bywyd ddim yn deg, yn enwedig gan fod Gret newydd wneud y gwaith gorau yn y dosbarth... unwaith eto. Cododd Miss Jones lun y robin goch uwch ei phen a'i ddangos i'r dosbarth.

'Dyma mae Gret wedi dod gyda hi heddiw. Ei dawn hi fel artist. Edrychwch ar yr aderyn yma – mae o mor dda dwi'n credu ei fod o am ddod yn fyw a hedfan i ffwrdd.'

18 Medi 1915 yn ardal Poperinghe

Yn Ypres, mi gymron ni ein lle yn y lein yn erbyn byddin y Crown Prince. Dwi'n cofio eu gweld nhw am y tro cyntaf. Llinell lwyd o ddynion ar y gorwel yn rhedeg tuag atom. Dynion tal a chyhyrog yn gwisgo helmedau dur gyda'r eryr ar ei flaen. Aethom ati, fy mrawd Ifan wrth fy ochr, i danio atynt fel saethu hwyaid ar stondin ffair. Roeddan ni'n ymladd a dim ond rhyw ddeg llath rhyngom a'n gilydd, yn cael ein rhannu gan y briffordd i Calais. Er i filwyr Prwsia ymladd yn ffyrnig mi ddalion ni ein tir ar gyrion Ypres er i ni golli llawer o filwyr a dwsin ohonynt o blith ein criw. Drannoeth daeth catrawd arall o filwyr i gymryd ein lle ac fe ddaethon ni yma i ardal Poperinghe i orffwyso.

Olion traed mewn eira gwyn

Doedd dyddiau Sadwrn Mam ddim yn gyflawn heb fy nghlywed yn chwarae'r ffidil neu'r piano. Bob bore Sadwrn byddai Llys Madryn yn fwrlwm o gerddoriaeth, deuai Capten Parri o Gaergybi i roi gwersi cerddoriaeth i mi. Athro blin a hen ffasiwn fel brwsh oedd y Capten. Roedd Mam yn benderfynol fy mod i am fod yn gerddor. Ond heddiw doedd dim o'r sain arferol yn dod o'r parlwr. Y tu allan roedd hi'n dywydd mawr, syrthiai mantell o eira ar Lys Madryn a throi popeth yn wyn. Yn arferol, dyma'r amser ar y Sadwrn pryd y byddwn yn chwarae offeryn a llais uchel y Capten yn canmol a chefnogi. Ond nid heddiw. Dwi'n cofio llais Mam wrth iddi agor y drysau led y pen a cherdded i mewn i'r ystafell fawr ddistaw yn holi.

'Pam nad oes yna ddim cerddoriaeth bore 'ma?'

Mi oedd Mam eisiau rhoi'r dechreuad gorau posib i mi mewn bywyd ac yn ddig achos ei bod hi'n talu'n ddrud am wersi preifat. Roeddwn i, serch hynny, yn eistedd ar y llawr yng nghanol yr ystafell gyda fy mreichiau wedi eu croesi mewn protest. Safai Capten Parri mewn blazer Oxford Blue streipiog – dangosai'r sbectol chwyrn ar bigyn ei drwyn fod rhywbeth yn y gwynt.

'Mae o'n gwrthod chwarae, Mrs Humphreys.'

'Owen, be sydd? Ti'n gwybod fod y Capten wedi dod drwy'r eira mawr yr holl ffordd o Holyhead. 'Wnei di ddim cael lle yn y Royal Academy yn Llundain fel hyn.'

Y cyfan wnes i oedd ysgwyd fy mhen a chodi fy ysgwyddau yn ddi-hid.

'Diolch Capten, mi welwn ni chi ddydd Sadwrn nesaf. Dwi am gael gair gydag Owen.'

Ar ôl i'r Capten fynd, eisteddodd Mam ar gadair gyferbyn. Dwi'n cofio'r sgwrs yn iawn.

'Be sy, 'ngwas i? Dwed wrth dy fam.'

'Dydy bywyd ddim yn deg.'

'Nac'di, yn amlach na pheidio dwi'n cytuno. Ond be sy'n dy gorddi di heddiw, Owen?'

'Dwi wedi bod yn meddwl am y plant tlawd yn yr ysgol sydd yn llai ffodus na ni.'

'Ia. Mae na lawar o'r rheiny. Pwy yn union?'

Edrychodd Mam arnaf gyda'i hwyneb ar dro, fel petai hi'n fy annog i gyfaddef bod gen i deimladau tuag at un person yn benodol.

'Gret... Gret Jones,' dywedais yn dawel ac ychydig yn ddagreuol. Sychais fy nhrwyn yn fy llawes a syllu ar y llawr.

'Felly, ti ar streic? Dy brotest di dros dlodi Gret ydy gwrthod chwarae'r ffidil?'

Edrychais ar y ffidil ar y bwrdd gerllaw cyn ateb Mam.

'Yndw, dwi ar streic!'

Anadlodd Mam yn hir a thrwm. Doedd ateb nôl ddim yn fy natur ond doedd dim ots gen i heddiw, mi roedd Gret yn bwysicach.

'Lle mae Gret yn mynd ar ôl Ysgol Gwalchmai?'

'Mae Gret yn mynd i fferm Ty'n Mynydd?'

Enw fy nhad am fferm Ty'n Mynydd oedd Gwlad y Gwallgo – oherwydd y ffordd y magai ffermwyr Ty'n Mynydd eu hanifeiliaid. Byddai marchnad Llangefni yn edrych fel y gorllewin gwyllt pan ddeuai dynion Ty'n Mynydd yno i werthu eu hanifeiliaid. Roedd hi'n beryg bywyd, gan fod yr anifeiliaid yn rhuthro i bob cyfeiriad. Yn ôl y sôn, roedd rhai wedi gweld gwartheg Ty'n Mynydd yn neidio dros waliau a chlwydi fel ceffylau. Na, gwyddai Mam yn syth nad oedd y lle hwnnw'n addas i ferch fel Gret Jones. Cododd Mam a mynd i gwpwrdd yng nghornel yr ystafell i nôl papur a phin inc. Ysgrifennodd nodyn a'i roi mewn amlen. Eisteddais yn dawel wrth geisio dyfalu beth roedd Mam yn ei wneud.

'Gallwn ni wneud gyda mwy o help yma, yn Llys Madryn gan fod Nansi yn ei chael hi'n anodd ar ei phen ei hun. Felly dwi am i ti fynd â'r llythyr hwn at deulu Gret Jones yn y pentref. Dwi am gynnig swydd morwyn iddi yma. Ac ar ôl i ti ddod yn ôl adref, dwi'n disgwyl y gerddoriaeth orau erioed. Wyt ti'n dallt?'

'Dallt yn iawn, Mam. Diolch.'

Cipiais y llythyr o law Mam a rhedeg fel ffŵl er gwaetha'r tywydd mawr. Roedd olion fy nhraed yn yr eira yn cris croesi yr holl ffordd o Lys Madryn i bentref Gwalchmai.

Hydref 1915

Daethom nôl yma i Ypres. Mae ffosydd wedi cael eu cloddio naill ochr i'r lôn fel bod modd amddiffyn ein hunain yn well. Gwelsom hefyd fod yr enwog Cloth Hall wedi ei losgi'n ulw a gwelsom boblogaeth Ypres yn cerdded allan o'r dre mewn prosesiwn truenus o ddynion, gwragedd a phlant. Y rhan fwyaf yn dianc heb ddim namyn y dillad a wisgent.

30 *Mehefin 1916 Yn y ffosydd o flaen Blighty Wood*

Rwyf wedi troi fy nghefn ar sgwennu yn y llyfr hwn ers rhai misoedd, a dyma fi'n gafael ynddo heno i sgwennu yng ngolau'r gannwyll ar ôl clywed y newyddion fy mod wedi cael y fraint o fod yn un o'r rhai cyntaf i fynd dros y top ym mrwydr y Somme. Braint yn wir! Ein hordors ni yw cymryd meddiant o bentref Monchy-le-Preux – milltir o flaen y front line. *Enwyd y goedwig yn Blighty Wood oherwydd bod cymaint o filwyr wedi cael eu hanafu yno a'u gyrru adra i* Blighty. *Cyn i ni gyrraedd Blighty Wood heddiw cafodd y goedwig y fath stîd gan ynnau'r Almaenwyr fel bod y lle'n edrych yn debycach i'r diffeithwch ar wyneb y lleuad.*

Gorffennaf 1916 Wn i ddim yr union ddyddiad

Dyma'r cyfle cyntaf i ysgrifennu ers brwydr y Somme. Aeth Hogia Cefni dros y top am 7.30 y bore. Roedd rhedeg i mewn i No Man's Land *fel rhedeg trwy borth uffern ei hun. Syrthiodd y bechgyn o fy nghwmpas, y rhan fwyaf gydag anafiadau angheuol. Fy mrawd a mi oedd dau o'r ychydig i oroesi y diwrnod hwnnw. Collasom fwy na hanner hogia Cefni. Roedd gan y frwydr hon ogla unigryw ei hun. Ogla cordeit a gwaed yn aros yn styfnig yn fy ffroenau am ddyddiau ar ôl y frwydr.*

Gorffennaf 1918 Ffrainc

Dwi heb sgwennu gair ers dros flwyddyn. Yn fuan ar ôl brwydr y Somme lladdwyd fy mrawd Ifan. Doedd fawr ddim ar ôl ohono i'w gladdu. Sgwennais lythyr anodd at Mam. Doedd fawr o awydd sgwennu yn y llyfr hwn ar ôl hynny.

Beth yw'r pwynt cofnodi syrffed yr ymladd? Ailadrodd yr un peth ddydd ar ôl dydd. Beth yw diben rhestru enwau'r hogia a gollwyd, a chyfri'r llygod mawr yn y drewdod?

Ond mae gen i reswm go dda dros sgwennu heno.

Dwi newydd fod adra ac mae Gret a fi bellach wedi dyweddïo. Cefais ychydig ddyddiau o leave a phenderfynu gofyn, ac mi gytunodd. Dwi ddim wedi dweud wrth neb arall eto. Mi fydd yn gyfrinach am y tro – dim ond un arall sy'n gwybod, sef Ifor Innes. Mi oeddwn yn disgwyl iddo fy llongyfarch ond nid dyna ddigwyddodd.

Yn y Gwalchmai Hotel oedden ni. Esgusodwyd Ifor rhag ymuno â'r fyddin am nad oedd ei iechyd yn caniatáu. Roedd Ifor yn geg i gyd fel arfer.

'Oes gen ti storïa o'r ffrynt?' holodd Ifor.

'Na, does gen i ddim awydd sôn am bethau felly,' atebais yn swta.

'Ti'n gwybod be ma nhw'n dy alw di?'

'Nac'dw,' atebais, er fy mod wedi clywed achlust.

'Yr anfarwol Owen Humphreys. Dim ond chdi sy ar ôl o holl hogia Cefni. Y Jyrmans wedi lladd y lleill i gyd ond wedi methu dy ladd di.'

'Siarad gwag ydy peth felly. Fi sy wedi bod yn lwcus. Dyna i gyd.'

'Be ti am neud ar dy ddiwrnoda ola o ryddid cyn mynd yn ôl, Owen?' holodd Ifor ar ôl i mi wrthod sôn am yr ymladd.

Cwestiwn twp gan hogyn twp. Dwi'n cofio fy ateb yn iawn.

'Innes, dwi'n eistedd yn y Gwalchmai Hotel yn cael peint. Dyma'r unig beth sydd i'w wneud yng Ngwalchmai. Yfed.'

'Neu chwara'r piano. Ti'n edrych ymlaen at chwarae i'r criw heno?'

Y criw, chwedl Ifor, oedd y grŵp o feddwon lleol a ddeuai i'r Gwalchmai Hotel i yfed a meddwi…

'Na, ddaw'r un nodyn o'r piano yna tan bydd y rhyfel melltigedig yma drosodd. Dwi ddim yn teimlo fel dathlu. Ymuno i warchod fy mrawd wnes i, cofia di hynny.'

'Ti am fynd i weld yr hogan 'na sy gen ti, cyn i chdi fynd 'nôl?'

Gwlychodd Ifor ei weflau. Doeddwn i ddim yn hoffi'r winc awgrymog a ddaeth gyda'r cwestiwn.

'Mae gan yr hogan yna enw. Gret... Gret.' Dwedais ei henw ddwywaith er mwyn i Ifor ddeall bod Gret yn bwysig ac yn haeddu cael ei chydnabod yn gwrtais.

Ers i mi gychwyn canlyn Gret, roedd Ifor wedi bod yn gyndyn i'w galw wrth ei henw. Gwell gan Ifor oedd meddwl fy mod yn cael rhyw ffling gyda'r ferch. Ym meddwl Ifor Innes, morwyn fach ifanc, isel ei statws oedd hi a dyna sut y dylai hi aros. Cenfigen oedd yn llosgi y tu ôl i'r brafado yma. Roedd hi'n amlwg fod Ifor yn casáu'r syniad o golli ei ffrind.

'Dwi'n gobeithio nad wyt ti wedi mopio efo hi. Cofia'n moto ni. Aros yn S.A.FF. Y tri pheth – Sengl: Anghyfrifol: Ffôl: – S.A.FF.'

Yna rhoddodd Ifor glec i'w beint gan awchu am y nesa. Petai Ifor Innes yn cael ei ffordd, byddai'r ddau ohonom ni'n aros yn ardal Gwalchmai yn SAFF am weddill ein hoes.

'Bydda i'n gweld Gret drwy'r dydd fory fel mae'n digwydd.'

Roedd golwg siomedig ar wyneb Ifor, ond roedd hi'n hen bryd i'r penci gwirion sylweddoli fod Gret yn bwysicach i mi na neb arall. Oedd, roedd heno'n cadarnhau fy amheuon nad oedd modd cymdeithasu gydag Innes a charu Gret. Doedd y ddau beth ddim yn gydnaws. O ystyried, doeddwn i ddim wedi dewis Ifor fel ffrind. Gosodwyd ni'n dau i eistedd nesaf at ein gilydd ar ein diwrnod cyntaf yn yr ysgol. Syniad Bet Jones, yr athrawes oedd hynny er mwyn i'r gwan ei allu, Ifor Innes, gael rhyw fath o gymorth drwy ei osod i eistedd nesaf at hogyn mwy galluog. Fi felly gafodd y dasg honno o gadw Ifor yn gall.

Dyna pryd y cymrais y fodrwy o fy mhoced a'i dangos iddo.

'Sori, Ifor, blaenoriaethau. Fory, bydd gen i Lys Madryn i mi fy hun ac mae gen i rywbeth pwysig i'w roi i Gret. Modrwy ddyweddïo. Dim ond chdi sy'n gwybod am hyn, cofia. Dwi ddim wedi sôn wrth neb arall, felly cadwa'r newyddion i chdi *dy hun. Caf gyfle i ddweud wrth Mam rywbryd eto. Ond am rŵan, cadwa'r newyddion yn gyfrinach,' meddwn wrtho.*

'Dyweddïo? Chdi? Ond dim ond hogia ifanc ydan ni. 'Dan ni'n rhy ifanc i betha felly.'

'Rhy ifanc? Os dwi'n ddigon hen i farw... wel, dwi'n ddigon hen i ddyweddïo. Fory dwi am ofyn i Gret fy mhriodi. Y cyfan rwyt ti isio'i wneud efo dy fywyd di ar hyn o bryd ydy mercheta a meddwi.'

'Paid â fy insyltio i achos mod i'n hogyn cyffredin sy'n byw fy mywyd gora fedrai, pa fath o ffrind wyt ti Owen?'

Aeth Ifor allan yn ei dymer. A chyda hynny daeth y berthynas honno a fodolai yn yr ysgol gynradd i ben. Ond doedd dim ots gen i. Fyddai bod heb gyfeillgarwch Ifor fawr o golled. I sŵn y glep a ddaeth wrth i'r drws gau ar ei ôl gwyddwn yr agorai drws arall. Drws fy nyfodol yng nghwmni Gret. Roedd drysau yn agor a chau o fy nghwmpas ym mhobman.

A dyma fi, yn ôl ar faes y gad eto. Yn paratoi ar gyfer y frwydr nesaf. Yn ôl y swyddog, rydan ni yn ardal Beaurevoir ac yn yr oriau mân mi af ati unwaith eto i frwydro, yr olaf un o Hogia Cefni.

Pennod 6

Wythnos ar ôl dychwelyd o Baris

Yn ôl yn ei chartref teuluol yng Nghricieth yr oedd Megan Lloyd George pan ddarllenodd eiriau olaf dyddiadur Owen Humphreys. Gosododd y llyfr bach ar y bwrdd o'i blaen a thynnu ei sbectol ddarllen. Aeth at ddrws y lolfa a galw ar Ellis Owens, un o'r staff a wasanaethai'r teulu, i ddod ati.

O fewn yr awr roedd y ddau ar y ffordd i Walchmai i chwilio am deulu'r milwr ac i ddychwelyd y llyfr. Gyrrodd yr Austin 7 allan o Gricieth gydag Ellis wrth y llyw. Roedd Ellis yn gawr o ddyn, – prin bod digon o le iddo yn sedd y gyrrwr. Wrth ei ymyl eisteddai Megan gyda llyfr Owen Humphreys yn ei chôl a het *cloche* ffasiynol yn dynn am ei phen.

Rhyfeddai Megan at yr olygfa anhygoel bob tro y croesai Bont y Borth i Ynys Môn. Gwyddai Ellis y gyrrwr am bentre Gwalchmai yn dda oherwydd iddo stopio am faco yn y Gwalchmai Stores droeon. Parciodd Ellis yr Austin 7 yng nghanol y pentref ac agor papur newydd i'w ddarllen. Aeth Megan i holi dau ŵr a eisteddai gyferbyn mewn tawelwch, yn gwylio'r byd yn gyrru heibio ar y lôn bost. Syllodd y ddau arni'n syn. Doedd ceir ddim yn stopio yng Ngwalchmai yn aml iawn.

'Ydach chi wedi clywed am deulu Humphreys yma yng Ngwalchmai? Dyn o'r enw Owen Humphreys yn fwy penodol? Ydach chi'n ei gofio fo?' holodd Megan.

Dechreuodd yr hynaf o'r ddau ysgwyd yn ôl a blaen fel petai'n wallgo. Gwaeddodd ei ffrind: 'Gwyliwch eich hun, *Miss* – mae 'na linell o bennill ar ei ffordd. Tydi o ddim yn iawn yn ei ben, wyddoch chi – dim ond drwy benillion mae o'n medru cyfathrebu.'

Cododd y bardd ei ffon a phwyntio at y car gerllaw cyn dechrau siglo.

'Mewn Austin 7 daeth i'r fro,
    Lle gaeth hi'r petrol nobody know.'

'Dach chi'n nabod teulu Humphreys? Dwi wedi dod yma i ddychwelyd llyfr eu mab Owen iddynt,' dywedodd Megan gan ddangos y gyfrol iddynt.

Poerodd yr ifancaf ei faco o'i geg cyn ateb. 'Elfed Humphreys sy'n byw yno rŵan.'

'Beth am Gret Jones? Yr un oedd yn gariad i Owen Humphreys? Lle mae hi?' holodd Megan.

'Dach chi ddim wedi clywed am y sgandal?'

Syllodd Megan arno'n syn. 'Be dach chi'n feddwl?'

'Os dach chi isho hanes be ddigwyddodd, yr un orau i'w holi ydy Miss Bet Jones. Ma hi'n gwybod yr hanes a'r manylion i gyd.'

Nodiodd y dyn i gyfeiriad y wraig a roddai ddŵr i'r blodau o flaen ei thŷ gyferbyn. Dechreuodd ei hen ffrind ysgwyd unwaith eto. Pwysodd ar ei ffon a syllu o'i flaen fel petai mewn breuddwyd.

'Mae o *on form* heddiw,' meddai ei ffrind wrth i'r hen foi ddechrau rhigymu unwaith eto:

'Bet Jones 'di dysgu pawb,
    Plant y cefnog a phlant y tlawd.'

Diolchodd Megan iddynt ac anelu at y tŷ gyferbyn.

Wedi sylwi ar y ferch ifanc yn croesi'r ffordd tuag ati, sychodd Bet ei dwylo yn ei ffedog a'i chroesawu â gwên. Gwenodd Megan yn ôl a chynnig ei llaw. Cofiai Megan ddarllen am hanes Bet Jones yr athrawes garedig yn nyddiadur Owen Humphreys.

'Bore da, Miss Jones. Fy enw i yw Megan. Megan Lloyd George.'

Edrychodd Bet dros ei hysgwydd fel petai hi'n disgwyl gweld Lloyd George y tu ôl iddi.

'Bore da. Ga i ofyn beth mae merch y Prif Weinidog yn ei wneud yma yng Ngwalchmai?' holodd yn gynnes.

Aeth Megan i'w bag ac estyn llyfr Owen Humphreys.

'Mae hwn wedi dod i fy meddiant. Mi oedd o'n perthyn i Owen Humphreys. Dwi'n cymryd eich bod yn gyfarwydd â'r enw?'

Rhythodd Bet arni am funud cyn ateb.

'Ydw, tad. Dwi'n nabod y teulu. Beth yn union sydd yn y llyfr?' holodd Bet wrth syllu ar y llyfryn blêr yn ei llaw.

'Dyddiadur. Yn wir mae o fel hunangofiant,' atebodd Megan.

'Dach chi'n siŵr?' holodd Bet.

'Ydw. Dwi wedi ei ddarllen o glawr i glawr. Dwi'n teimlo 'mod i'n nabod pawb. Ma 'na sôn amdanoch chi ynddo hefyd. Mi oedd ganddo feddwl mawr ohonoch chi,' atebodd Megan.

'Oes sôn am Gret – Gret Jones y forwyn?' holodd Bet, ei llais yn tawelu.

'Oes. Mae o'n sôn am y dyweddïo. Mi oedd hynny'n hynod o drist o gofio beth ddigwyddodd i Owen.'

Rhythodd Bet arni'n syn.

'Beth sydd?' holodd Megan.

Heb ddweud gair agorodd ddrws ei chartref a gwahodd Megan i mewn.

'Dach chi'n amlwg yn gwybod dim am yr hyn sydd wedi digwydd yma,' sibrydodd Bet ar ôl cau'r drws.

'Nac ydw,' atebodd Megan gan sibrwd wrth synhwyro tristwch yr hen athrawes.

Ymddiheurodd Bet am gyflwr y tŷ er bod y lle yn daclus fel pin mewn papur.

Yn y parlwr roedd dwy gadair freichiau, cloc tal a

edrychai'n rhy fawr i'r ystafell a silff daclus o lyfrau Cymraeg. Dyma'r ystafell ffurfiol y cadwai Bet yn arbennig ar gyfer fisitors achlysurol. Aeth Bet at y ffenest ac edrych i fyny ac i lawr y lôn bost. Ar wahân i'r ddau hen gymeriad gyferbyn roedd y stryd yn wag.

'Steddwch. Mi gewch chi'r hanes i gyd gen i.'

Ar ôl edrych drwy'r ffenest unwaith eto, siaradodd Bet.

'Chwalfa. Y diwrnod y clywodd Helen Humphreys fod Owen ei mab wedi marw buodd hithau farw o sioc.'

Gwyliodd Megan ffigwr bach eiddil Bet yn llenwi'r tegell a gosod llestri'n dawel. Disgrifiodd Bet y diwrnod y daeth y llythyr a llorio Helen Humphreys fel doli glwt. Doedd hynny'n fawr o syndod gan ei bod hi wedi gwanio'n barod ar ôl dioddef o iselder yn dilyn marwolaeth ei mab arall, Ifan.

'Cariodd y ddwy forwyn eu meistres i'w gwely gyda dagrau'n powlio i lawr eu hwynebau. Mewn mater o funudau roedd bywydau'r tair wedi troi ben i waered a chariai Gret y baich ychwanegol o golli ei dyweddi. Arhosodd Nansi wrth ochr Helen yn Llys Madryn a rhedodd Gret yr holl ffordd i Walchmai i chwilio am Dr Gruffudd. Ar ôl dod o hyd iddo, gyrrodd Dr Gruffudd yno yn ei gar, ond erbyn iddynt gyrraedd roedd hi'n rhy hwyr. Golygfa drist eithriadol oedd yn eu haros: Nansi'n crio'n afreolus yng nghornel yr ystafell a Helen mewn pelen lonydd ar y llawr. Ac wedyn Gret y forwyn. Mi gafodd Gret druan garchar.'

'Carchar?' Rhythodd Megan arni'n syn.

'Ia. Mae hi newydd ei dedfrydu ychydig wythnosau yn ôl,' poerodd Bet y geiriau fel rheg.

'A pheth arall,' ychwanegodd.

Pwyntiodd at y llyfr yn llaw Megan.

'Mae 'na ddynion yn y pentre yma neith eich lladd chi am

y llyfr yn eich llaw… a'r hyn sydd ganddo i'w adrodd – dach chi'n deall be dwi'n ddweud?'

Edrychai Megan arni'n syn, ac yn ddiddeall, ei llygaid yn gwibio rhwng wyneb Bet a chlawr y llyfr yn ei llaw.

Pennod 7

Hanes achos llys Gret Jones
Biwmaris, Rhagfyr 1918

Diflas oedd yr awyrgylch yn llys Biwmares, bron mor ddiflas â phren tywyll y fainc fawr lle'r eisteddai'r Barnwr.

'Miss Margaret Jones, sut rydach chi'n pledio?'

'Dieuog,' atebodd Gret yn dawel.

Tlawd mewn bywyd a chefnog mewn cariad... dyna'r ffordd orau o ddisgrifio Gret. Pwten fach a chanddi wallt du fel y frân, llygaid llwyd trawiadol a gwên siriol i bawb bob amser – er nad oedd ei llygaid yn disgleirio y diwrnod hwnnw a doedd dim arwydd o wên ar ei hwyneb chwaith wrth wynebu cwestiwn y Barnwr ar gychwyn yr achos llys.

'Sut rydach chi'n pledio?' holodd y Barnwr am yr eildro a'i lais yn uwch a bygythiol y tro hwn gan esgus na chlywsai ei hateb y tro cyntaf.

'Dieuog,' meddai Gret ychydig yn uwch.

Roedd golwg flinedig arni wedi nosweithiau di-gwsg yn poeni am yr achos llys.

Bryd hynny, roedd hi'n arferol gosod y pethau pwysig allan yn y llys mewn achosion o ddwyn, er mwyn arddangos yr eitem o dan sylw yn gyhoeddus. Gorweddai'r fodrwy ar ddarn o ffelt coch. Disgleiriai'r cerrig wrth ddal yr ychydig olau a ddeuai drwy'r ffenestri llwm yn ystod yr achos.

Gwisgai'r Barnwr Meredith Lloyd QC gôt goch awdurdodol yr olwg a wig am ei ben. Edrychai'n siomedig ar ôl clywed ei hateb. Gobeithiai'r Barnwr glywed 'Euog' er mwyn gorffen yr achos mewn pryd iddo gael ei ginio.

Edrychai Gret o'r doc i gyfeiriad ei theulu yn y galeri. Gwenai ei mam yn ôl arni, gwên ddewr a cheisiai guddio'r pryder a deimlai amdani. Fyddai ei thad, Edward, ddim yn dangos ei deimladau. Yn ôl Edward, rôl y merched oedd gwneud hynny.

Arthur Aubrey, cyfreithiwr ifanc, dibrofiad, oedd gan Gret yn ei chynrychioli ond ar ran yr erlyniad roedd Carl Mostyn, cyfreithiwr profiadol. Doedd hi ddim yn gystadleuaeth deg o'r cychwyn. Yn dilyn marwolaeth Helen, perchennog newydd Llys Madryn oedd Elfed Humphreys, brawd Jacob Humphreys. Roedd o'n byw yno gyda'i wraig a'i fab. Syllai Elfed yn syth o'i flaen, gan wrthod edrych i gyfeiriad Gret. Doedd o erioed wedi cyd-dynnu â'r forwyn ifanc. Roedd golwg ychydig yn nerfus arno, a gafaelai ei ddwylo mawr caled yn ei gap stabl gorau a'i droi fel petai rhywbeth dwys ar ei feddwl.

'Elfed Humphreys to the witness stand'.

Roedd hi'n od clywed pawb yn cyfeirio ati fel Margaret ac odiach fyth oedd y Saesneg ffurfiol gan fod pawb yn y llys yn medru siarad Cymraeg. Ar ôl iddo dyngu llw cododd Carl Mostyn, y cyfreithiwr o blaid yr erlyniad, a cherdded yn hunanbwysig o'i gadair. Yn ddyn canol oed roedd ganddo wig bargyfreithiwr ac wyneb coch. Dyn byr, ac yn ôl ei osgo roedd ganddo feddwl mawr ohono'i hun, ac fel llawer i ŵr byr arall, er mwyn edrych yn bwysicach, codai ar flaenau ei draed wrth siarad.

'Mr Humphreys, dywedwch wrth y llys yr hyn a wyddoch chi am y fodrwy ac am y forwyn yma yn y doc o'ch blaen chi.'

Anadlodd Elfed yn hir cyn cychwyn. 'Daeth llythyr gan y War Office yn dweud bod Owen wedi marw. Roedd Helen ei fam yn wael yn barod, ac yn fregus. Daeth sioc y newyddion am Owen fel clec farwol iddi. Cafodd hi drawiad ar y galon. O fewn ychydig oriau roedd hi wedi marw.'

Gan ei fod o dan deimlad, stopiodd Elfed ar ôl adrodd

hanes trist ei chwaer yng nghyfraith. Chwipiodd Carl Mostyn hances o'i boced a'i chynnig iddo. 'Cymrwch eich amser, Mr Humphreys.' Gwyddai Gret mai esgus oedd Elfed, doedd ganddo ddim parch tuag at Helen mewn gwirionedd.

'Yn yr angladd dyma Gret yn dod ata i, a modrwy ar ei bys. Ro'n i'n nabod y fodrwy yn syth, modrwy hen wraig fy nain. Modrwy werthfawr sydd wedi bod yn y teulu ers blynyddoedd mawr. Mi ddwedodd hi ei bod hi ac Owen wedi dyweddïo a'i fod o wedi addo ei phriodi pan ddoi yn ôl o'r rhyfel. Gan fod Owen heb ddweud gair am y peth wrtha i, mi ddechreuais ei hamau. Pac o gelwyddau os dach chi'n gofyn i mi. Hogan wirion yn trio'i lwc a gweld ei chyfla.'

'Dim mwy o gwestiynau, Syr,' cyhoeddodd Carl Mostyn yn hyderus. Tro Arthur Aubrey oedd hi i holi'r tyst.

'M... M... Mr Elfed Humphreys ...' Dechreuodd ambell un yn y llys chwerthin wrth glywed cyflwyniad dihyder y cyfreithiwr ifanc. Chwarddodd Carl Mostyn yn uwch na neb er mwyn godro embaras y dyn ifanc. Roedd wrth ei fodd yn gwylio'r dyn newydd yn baglu cyn cychwyn.

'D... D... Disgrifiwch eich perthynas â Gret Jones cyn y digwyddiad.'

'Cyn y digwyddiad, roedd hi'n ferch ddigon gweithgar,' atebodd Elfed.

'Dach chi ddim yn meddwl mai gweithred merch ddiniwed yw hyn? Pam y byddai lleidr yn dangos y fodrwy i'r perchennog ar ôl ei dwyn?'

'Wn i ddim,' atebodd Elfed.

'Dim mwy o... g... gwestiynau,' meddai Arthur Aubrey.

Wrth i Elfed gerdded yn ôl i'w sedd daeth dyn ifanc chwyslyd i mewn i'r llys. Ifor Innes. Daeth ochenaid o ryddhad gan Gret gan fod Ifor Innes yn gwybod y gwir am y fodrwy.

Clywodd Gret ei henw yn cael ei galw.

'Miss Margaret Jones to the witness stand.'

Tro Arthur Aubrey oedd hi i alw tyst.

'Gret... Mi oeddech chi, t... t... t... tan yn ddiweddar, yn forwyn yn Llys Madryn. Dwedwch, yn eich g... g... g... geiriau eich hun sut y daeth y fodrwy yma i'ch m... m... m... meddiant chi.'

Roedd Gret yn benderfynol o adrodd yr hanes mor gywir ag y gallai. Clywodd y llys sut y syrthiodd Owen a Gret mewn cariad a bod Gret wedi dod i'w garu yn angerddol. Roedd Owen yn wahanol i weddill bechgyn amaethyddol yr ardal gan ei fod yn dyner ac yn cymryd gofal mawr ohoni. Eglurodd Gret, gan ei bod yn forwyn isel ei statws, fod Owen yn gyndyn i ddweud wrth ei fam gan na fyddai'n hapus o glywed am y garwriaeth, felly cadwodd y ddau eu perthynas yn hollol gyfrinachol. Gwell o lawer gan y ddau oedd cael cyfle i fwynhau cwmni ei gilydd a hynny'n dawel bach. Fe ddeuai cyfle efallai i wneud cyhoeddiad swyddogol ymhen amser.

'Wedyn, ymunodd Owen â'r fyddin.'

Dechreuodd Gret grio a gorfod iddi gymryd munud neu ddau cyn dod ati ei hun. Edrychodd Carl Mostyn ar y Barnwr ac ysgwyd ei ben gan awgrymu ei bod hi'n ffugio. Aeth Gret ymlaen gyda'i thystiolaeth.

'Cyn iddo adael am y tro olaf aeth Owen i'r cwpwrdd a nôl y fodrwy ac yna ei rhoi hi ar fy mys.'

Dechreuodd Gret grio eto ond trwy ei dagrau llwyddodd i ddisgrifio'r diwrnod y daeth llythyr i Lys Madryn. Eglurodd sut y bu Helen farw yn fuan ar ôl derbyn y newyddion am Owen. Cododd Carl Mostyn y cyfreithiwr ar ran yr erlyniad a hanner gwên ar ei wyneb. Gwenodd yn hir ar Gret cyn siarad. Hoffai roi ychydig o gysur cyn taflu'r ergyd gyntaf.

'Does dim tystiolaeth eich bod chi wedi cael perthynas

gydag Owen Humphreys o gwbl. Dach chi wedi dwyn y fodrwy werthfawr yma. Sut dach chi'n disgwyl i ni eich credu chi am y berthynas heb fod gynnon ni unrhyw brawf yn y byd?'

Edrychodd Carl Mostyn i gyfeiriad y Barnwr ar ôl holi'r cwestiwn. Edrychodd y Barnwr arni dros ei sbectol ac aros am ei hateb. Doedd dim rhaid i Gret ddweud gair. Agorodd fotymau ei chôt yn araf, un ar ôl y llall a'u hagor er mwyn dangos y chwydd yn ei bol.

'Dwi'n disgwyl ei blentyn. Mi oedd ffrind Owen, Ifor Innes, yn gwybod bob dim am y fodrwy a'r dyweddïad,' meddai.

Tynnodd sawl un anadl o syndod.

Cliriodd Carl Mostyn ei lais cyn parhau. 'Er eich cyflwr, dyw hyn ddim yn brawf o'ch perthynas gydag Owen. Does gen i ddim mwy o gwestiynau i chi – ond mae ganddon ni dyst arall. Mae'r goron yn galw Ifor Innes fel tyst,' meddai'n swta.

Edrychodd Gret'n syn. Oedd hi wedi dychmygu'r peth neu oedd Ifor wedi troi yn dyst i'r Goron? Yn dyst yn ei herbyn? Ifor oedd yr unig un a wyddai am eu dyweddïad. Ceisiodd Gret ddal ei lygad, ond doedd llygaid Ifor ddim yn chwilio amdani hi.

Ar ôl i Ifor gymryd y llw a chadarnhau ei fod yn gweithio yn Llys Madryn siaradodd yn uchel a hyderus, ei lais yn cario i bob cornel o'r llys.

'Yr hyn ddwedodd Owen am Gret oedd ei fod o'n poeni amdani, achos ei fod o wedi'i gweld hi efo un o ddynion y sipsiwn.'

Syllodd Gret arno'n geg agored. Cododd o'i sedd.

'Celwydd,' meddai'n dawel i gychwyn ac yna'n uchel ar ôl sylweddoli maint ei frad. 'CELWYDD!'

'Tawelwch,' mynnodd y Barnwr. 'Parhewch, Mr Innes.'

'Poeni oedd Owen, ei bod hi wedi ymuno â chwmni gwael ac y byddai'r sipsiwn, yn hwyr neu'n hwyrach, yn lladrata o fferm Llys Madryn.'

Syllodd Gret yn syth o'i blaen, ei hwyneb yn welw mewn sioc. Dechreuodd Carl Mostyn ymosod. Dyma oedd y foment i wthio ei fantais ac ennill yr achos.

'Diolch, Mr Innes. Gret Jones, dach chi'n forwyn sydd wedi gweld eich cyfle. Dach chi wedi gweu gwe o gelwyddau er mwyn ceisio twyllo'r teulu yma.'

'Naddo!' gwaeddodd Gret, ei llais yn dechrau torri o dan y pwysau.

'Do,' mynnodd y cyfreithiwr cyn parhau.

'Ar ôl clywed bod Owen wedi marw a sylweddoli eich bod chi'n feichiog yn cario plentyn siawns rhyw sipsi, dach chi wedi cymryd y fodrwy ddrud o'r blwch teuluol a cheisio ei hawlio hi fel eich modrwy ddyweddïo chi. Celwydd yw'r cyfan. Does dim mwy o gwestiynau gen i. Eich tyst chi,' meddai Mostyn.

Cododd Arthur Aubrey.

'C… C… Celwydd, Mr Innes. Yn ôl Gret Jones roedd Owen Humphreys wedi rhannu'r newyddion am y dyweddïad a'r fodrwy gyda chi. Dach chi'n dweud celwydd.'

'Na, y cyfan dwi'n ddweud ydy be dwi'n wybod. Soniodd Owen ddim gair am ddyweddïo,' atebodd Ifor.

Gwaeddodd Gret o'r Doc. 'Mae o'n dweud celwydd. Rhaid i chi fy nghredu i. Dwi'n addo …' plediodd .

Gwibiodd ei llygaid o amgylch wynebau'r llys ond dim ond llygaid ei mam a edrychai'n ôl ati ar y foment honno. 'Tawelwch,' gwaeddodd y Barnwr wrth bwyso yn ôl ac edrych ar y ddau ustus wrth ei hochr gyda gwên. Doedd y llanc ifanc o gyfreithiwr gyda'r atal dweud ddim am gael y gorau ar ei hen gyfaill Carl Mostyn. Edrychodd Gret ar ei chyfreithiwr â'r dagrau yn llenwi ei llygaid.

Edrychodd yntau ar y papurau o'i flaen. Ar ôl eiliadau hir o ddistawrwydd anesmwyth daeth llais y Barnwr. Dywedai'r cloc mawr pum munud i un. Amseru perffaith meddyliodd y Barnwr, gorffen mewn pryd i gael cinio bach yn y Bull.

Gwenodd Carl Mostyn. Roedd dedfryd ffafriol ar ei ffordd. Euog, a dwy neu efallai tair blynedd o garchar, tybiodd wrth bacio ei fag. Diwrnod da arall o waith.

Dechreuodd Gret grio'n dawel, ceisiodd Elfed Humphreys guddio'r wên fach slei, gwên a oedd yn adrodd cyfrolau. Gwyddai Elfed yn iawn beth oedd yn y fantol petai Gret yn gallu profi ei bod hi'n dweud y gwir ac yn cario etifedd mab y Llys. Perchnogaeth Llys Madryn, y fferm a'r tir. Colled enfawr iddo fo.

Yn y galeri yn gwylio'r ddrama roedd yr athrawes ysgol Bet Jones, gyda'i gwallt mewn bwn a golwg fel pin mewn papur arni. Roedd Bet wedi dysgu'r rhan fwyaf o blant pentref Gwalchmai dros y blynyddoedd ac yn adnabod yr holl gymeriadau, a gwyddai Bet ei bod hi'n dyst i anghyfiawnder mawr. Am y tro cyntaf yn ei bywyd gwaeddodd fel rebel.

'Celwydd… Mae Ifor Innes yn dweud celwydd.'

Doedd gweiddi ddim yn ei natur ond doedd dim ots ganddi heddiw.

'Tawelwch. *Silence!*' gwaeddodd y Barnwr.

Gorchmynnwyd i Gret godi.

'Margaret Jones. This court finds that you did unlawfully steal a very valuable ring belonging to the late Mrs Humphreys of Gwalchmai and I sentence you to two years in prison for your crime. You will be incarcerated at His Majesty's Prison, Holloway. Take her down.'

Llewygodd Gret a gorfod iddynt ei chario allan. Aeth Bet Jones o'r llys â'i hwyneb fel taran, a dim ond gwaed Ifor

Innes y gwas ar ei meddwl. Roedd hi'n niwlog yn y strydoedd o amgylch y llys erbyn hynny. Edrychodd Bet o'i chwmpas a cheisio dyfalu i ble roedd y celwyddgi wedi diflannu mor sydyn ar ôl yr achos. Cerddodd drwy'r niwl nes dod i'r Liverpool Arms Hotel lle'r oedd sŵn yfed a chymdeithasu hen forwyr yn yr awyr.

Rhuthrodd am y drws. Roedd y dafarn yn llawn dynion a mwg ac aeth, yn benderfynol, i chwilio o amgylch y byrddau gan dynnu ei het grand wrth fynd. Yna'n eistedd mewn cornel dawel ac yn fodlon ei fyd roedd Ifor. Doedd e erioed wedi bod mor gyfoethog. Yn ei boced, roedd cyflog hanner blwyddyn mewn papurau punnoedd. Eisteddai ar ei ben ei hun â gweddillion peint o gwrw o'i flaen.

'Beth gythraul wyt ti'n meddwl ti'n neud? Palu celwyddau a rhoi merch ddiniwed yn y carchar. Beth gododd yn dy ben di, Ifor?'

'Dim byd. Dweud y gwir nes i, Miss Jones,' mynnodd Ifor gan wagio gweddill ei beint a rhoi arwydd i'r tafarnwr dynnu peint arall iddo.

'Mae nifer yn y pentra'n gwybod i ti ddweud celwydd. Beth fyddai Owen druan wedi ei feddwl wrth glywed yr un fu'n eistedd wrth ei ymyl yn yr ysgol ac a fu'n ffrind da iddo, yn palu celwyddau. Dwi ishe gwybod pam.'

'Mae'r achos drosodd. Nôl yn y llys roedd y dadlau. Dim fa'ma.'

Daeth y tafarnwr â'r peint ato. Aeth Ifor i nôl arian iddo o'i boced a thynnu punt o'r bwndel o bunnoedd.

'Lle gest ti'r pres yna? Pwy sydd wedi dy dalu di?' holodd Bet wedi iddi weld bod llawer mwy na chyflog gwas ganddo.

'Fi bia'r pres. Mae Elfed Humphreys yn talu'n dda, mae o'n gyflogwr hael.'

Ond gwyddai Bet mai lwmp diog yn gwneud cyn lleied o waith â phosib oedd Ifor. Un felly oedd o fel plentyn yn ôl yn yr ysgol ers llawer dydd. Sylwodd Bet ar wydraid bach hanner gwag ar y bwrdd gyferbyn ag Ifor.

'Pwy sydd wedi bod yma efo chdi? Faint dalodd o i ti am ddweud dy gelwydd?' gwaeddodd Bet a tharo peint Ifor o'i law nes iddo chwalu'n deilchion ar lawr carreg y Bar a thawelu siarad yr yfwyr yn llwyr – am eiliad.

Pennod 8

'Mae'r dystiolaeth yn y llyfr yma'n profi ei bod hi'n hollol ddiniwed,' dywedodd Megan.

Edrychai Bet arni'n nerfus. 'Ydy,' sibrydodd, 'ac oherwydd hynny mae'n rhaid i chi fod yn ofalus. Cerwch â'r llyfr yna ymhell o Walchmai. Petai Elfed Humphreys yn clywed fod ganddoch chi dystiolaeth fel hyn does wybod be wneith o i chi.'

Ysgydwodd Megan ei phen, syllu ar glawr y llyfr yn ei chôl. 'Beth yw'r newyddion diweddaraf am Gret a'r babi?' holodd wrth ddilyn Bet allan i'r gegin i wneud ail baned o de. Pwyntiodd Bet at amlen ar silff y ffenest. 'Llythyr cyntaf Gret o garchar Holloway. Y gradures fach â hi. Fedra i ddim edrych ar ei llythyrau hi mwyach. Ma nhw'n torri nghalon i.'

Mewn tawelwch aeth Bet at y silff ffenest, estyn y llythyr a gwahodd Megan i eistedd mewn cadair esmwyth i'w ddarllen.

Carchar Holloway
Llundain

Annwyl Miss Jones,

O'r diwedd cefais ganiatâd i ysgrifennu atoch. Dwi'n cadw'n iawn er gwaethaf popeth sydd wedi digwydd. Mae ysgrifennu'r llythyr hwn yn fraint, gan mai ychydig rai a gaiff wneud yma yn Holloway, a hynny diolch i Constance, fy ffrind newydd neu Constance Georgine Markievicz i roi ei henw yn llawn.

Dwi wedi gwirioni ar ei hanes lliwgar hi. Ganed hi'n ferch i'r bonheddwr Sir Henry Gore-Booth ond trodd oddi wrth grandrwydd ei gwreiddiau i fod yn rebel ac i ymladd am gyfiawnder ac annibyniaeth i Iwerddon. Efallai eich bod wedi clywed amdani, mae ei henw wedi lledu ar draws

y wlad fel tân gwyllt a charcharwyd hi droeon oherwydd ei
gwrthryfela.

Trwy gyd-ddigwyddiad llwyr, daeth hi i Gaergybi ar yr
union ddiwrnod y dechreuais i fy nhaith o Ynys Môn i'r
carchar yn Llundain.

Angorodd ei llong, yr HMS Dreadnought *ym mhorthladd*
Caergybi ar ddiwedd ei thaith o Ddulyn. Mae Constance yn
olygus mewn ffordd naturiol, mae ganddi wddf hir, mae hi'n
sefyll fel alarch yn dalach na'r rhan fwyaf o ddynion.

Dywed Constance fod torf o gant neu fwy wedi ymgasglu
i'w chyfarch. Mae hi'n ymfalchïo yn y ffaith fod ei henw yn
gyrru ias oer drwy'r sefydliad Prydeinig a chodi gwrychyn
dynion mawr fel Lloyd George'.

Cododd Megan ei phen o'r llythyr am funud a rhythu ar
Bet, ond gyda gwên ddireidus ar ei hwyneb wrth ddweud:
'Efallai mai Lloyd George fydd ei hachubiaeth hi o'r carchar
yn y diwedd.' Lledodd gwên fach wan dros wyneb Bet, wrth
i Megan droi yn ôl at y llythyr.

'Esgynnodd Constance i'r lan a cherdded gyda'r milwyr at y
trên a arhosai amdani gerllaw.

Ar ôl gadael Caergybi ar y trên disgrifiodd Constance y
daith i mi gan ddisgrifio harddwch garw gogledd-orllewin
Ynys Môn. Cododd hiraeth mawr ynof. O'r cerbyd dosbarth
cyntaf gwyliodd yr ynys yn gyrru heibio.

Gyferbyn â Constance eisteddai swyddog ifanc a dyfai
fwstas mewn ymdrech i geisio edrych yn hŷn. Cyfrifoldeb
y swyddog ifanc oedd hebrwng Constance yn ddiogel o
Iwerddon i garchar Holloway yn Llundain.

Dyma sut y disgrifiodd Constance yr olygfa i mi: 'A
barren, stony marshland that reminds me of my childhood
in Sligo. Running and hiding amongst the pretty yellow

flowers – flowers which you quickly learn to your cost are not flowers at all but a thin veil for the foreboding thorns of a gorse bush'.

Gan fod Constance yn garcharor gwleidyddol roedd yn rhaid iddynt ei thrin yn barchus – a dyna oedd yn fy nhiclo i amdani – mi oedd hi'n gallu troi dynion pwysig o gwmpas ei bys bach achos bod ar bawb ei hofn hi.

Yng ngorsaf Bangor roeddwn i'n sefyll ar y platfform gyda heddwas wrth fy ochr. Mae'n rhaid bod golwg y diawl arnaf, yn syllu o fy mlaen fel enaid coll. Dyna pam y sylwodd Constance arnaf, yn sychu deigryn o'm grudd ac yn drwm gyda'r plentyn yn fy nghroth.

Disgrifiodd Constance y ffordd y llwyddodd hi i ddylanwadu ar y swyddog ifanc a eisteddai gyferbyn â hi. Gwyddai hi'n iawn sut i ddwyn perswâd. Mesurodd ei geiriau cynnil yn ofalus.

'Look at that poor girl Officer. She's heavy with child and she looks so sad. Is there any food we can offer her from our plentiful stores?'

Doedd yr heddwas wrth fy ochr ddim ond yn rhy falch i dderbyn gwahoddiad y swyddog i'r cerbyd dosbarth cyntaf.

'She can sit here with me,' dywedodd Constance. Dyna oedd y tro cyntaf i mi ei gweld. Tynnodd yr heddwas y gadwyn ac fe es i eistedd wrth ei hochr. Yn ôl Constance roeddwn yn edrych fel trychfil bach blêr.

'I've never seen such beautiful eyes. They're melting my soul. What's your name, sweetheart? ' 'Gret... My name is Gret Jones,' dywedais.

'She's a thief!' gwaeddodd yr heddwas ar ein traws. 'She was convicted of stealing and I'm taking her to Holloway Prison,'

'That makes two of us going to Holloway,' meddai Constance yn sionc er mwyn ceisio ennyn gwên ar fy wyneb. Ac mi dynnodd hynny wên wrtha i, am y tro cyntaf ers amser maith.

'What did you steal sweetheart?' holodd Constance wrth basio darn o fara i mi. 'I didn't steal it,' atebais trwy lond ceg o fara. 'Owen, my boyfriend, gave the ring to me before he went to war.'

'She's a liar,' gwaeddodd yr heddwas.

'Shut up, will you. I'm not talking to you.' Atebodd Constance yn swrth.

Bu bron i mi dagu ar fy mara wrth weld wyneb syn y dyn. Gobaith Constance oedd y byddem yn rhannu cell yn Holloway a dyma sut y swynodd hi bennaeth y carchar, dyn digywilydd o'r enw David Klein. Dyn dros ei bwysau, yn drigain oed, yn gwisgo siwt wen a chrys agored gan ddangos blewiach brith ei frest. Credai Constance fod Klein wedi derbyn llythyr swyddogol gan yr awdurdodau yn ei rybuddio i wneud ymdrech i'w phlesio.

Roedd ein cell mewn cornel dawel ac o olwg gweddill y carcharorion. Yn lle bara ac uwd fel pawb arall mynnodd Constance ein bod yn cael bwyd maethlon a ffrwythau. Rhoddwyd dillad glân a thaclus ar ein gwelyau a thusw o flodau ar y bwrdd. Dwi ddim yn credu bod Holloway wedi rhoi'r fath groeso fel hyn i neb arall. Dwi wedi bod mor lwcus mod i wedi cyfarfod Constance.

Buan y clywsom fod gan Klein enw fel hen ddyn budr. Un o'r dynion 'na sy'n credu fod ganddo hawl ddwyfol i fanteisio ar ferched. Crwydrai ei lygaid, ac yn amlach na pheidio, ei ddwylo hefyd, dros gyrff y merched gan dreiddio trwy eu dillad fel petai'n berchen ar eu cyrff.

'Welcome, Countess,' meddai Klein – ei lygaid yn gwibio drosom ni'n eiddgar fel ffarmwr yn mesur anifail cyn sêl. 'I trust you had a pleasant journey. Is the cell to your liking?' Dywedodd Constance wrthyf wedyn ei bod hi wedi dioddef llefydd llawer gwaeth ond doedd fiw iddi ddangos ei phleser. 'The journey was fine. As for the cell, I need to paint, Mr

Klein. *An easel, paper, brushes and watercolours. Didn't they tell you about my love of art?'*

Gwenais ar ôl gweld Klein yn gwingo. '*Of course,*' atebodd Klein. '*I'll have someone look for these things for you in the next day or two. In the meantime, is everything else to your satisfaction? This cell is for you. This is a special privilege, as most inmates have to share.'*

Siaradai Klein fel petai'n disgrifio ystafell foethus mewn gwesty. Cerddodd Constance o amgylch ei chell cyn ei ateb.

Mynnodd Constance ein bod yn rhannu cell. '*She is also pregnant and I want her looked after and monitored by your doctor,*' dywedodd Constance. Dwi mor ddiolchgar iddi Miss Jones – allwn i ddim bod wedi cael rhywun gwell i rannu cell â hi.

Wn i ddim beth sydd am ddigwydd efo'r babi. Mae Constance wedi dweud y gwnaiff hi fy helpu gymaint â phosib, ond wn i ddim sut. Mae'r llys wedi dweud y bydd yn rhaid i'r babi gael ei fabwysiadu. Dwi'n poeni Miss Jones. Bydd hynny mor anodd. Y babi ydy'r unig beth go iawn sydd gen i ar ôl. Ar wahân i'r atgofion am Owen, ac mewn amser bydd y rheiny'n pylu hefyd.

Yn gariadus
Gret

Sychodd Megan y deigryn yng nghornel ei llygad. 'Dach chi'n gweld rŵan pam dwi ddim yn awyddus i ailddarllen y llythyr,' dywedodd Bet, gan wylio'r ferch ifanc o'i blaen yn ceisio'i gorau glas i beidio â chrio...

Plygodd Megan y llythyr a'i roi yn ôl yn yr amlen yn daclus. 'Wel, o leiaf mae ganddi ffrind, ac mae hynny'n fendith. Beth yw'r diweddaraf? Mae'n rhaid ei bod hi wedi cael y babi erbyn hyn'

'Oes, ma na fwy' atebodd Bet a mynd i gwpwrdd wrth y

lle tân. Yno roedd un amlen arall. 'Dim ond yn ddiweddar y cefais i'r llythyr yma,' meddai wrth ei basio at Megan.

Carchar Holloway
Llundain

Annwyl Miss Jones,

Gobeithio eich bod yn cadw'n iawn. Byddwch yn falch o glywed 'mod i'n iawn ac yn meddwl amdanoch yn aml.

Mae Constance a minnau'n peintio i basio'r amser. Weithiau'n ymgolli yn ein peintio, er gwaethaf sŵn dienaid y carchar o'n cwmpas. Sŵn y drysau'n agor a chau yn y pellter a sŵn y carcharorion, eu lleisiau'n adleisio yn yr awyr fel eneidiau coll.

Dywedodd Constance ei bod yn hoffi'r ffordd y deuai fy nhafod allan o fy ngheg wrth i fi roi fy holl ymdrech i ganolbwyntio. Efallai eich bod yn cofio fi'n gwneud hynny yn ysgol Gwalchmai pan oeddwn yn blentyn!

Ddoe peintiodd Constance geffyl mawr cyhyrog. 'He was my favourite horse,' meddai wrth dacluso'r llun o'r ceffyl ar y cynfas.

Tynnais i lun o Owen o fy nghof. Yn llewys ei grys ac yn gwisgo cap stabal. 'He's handsome. You have a gift for drawing faces,' dywedodd hi wrtha i Miss Jones.

'Yes, well he was handsome,' atebais innau. Mae hi'n anodd – dwi'n teimlo weithiau ei fod o'n fyw o hyd yn rhywle. Ond mi wn mai gobaith gwag yw hynny.

Mae'r babi'n dal i dyfu. Dwi wedi clywed gan y carcharorion eraill fod awdurdodau'r carchar wastad yn cymryd babanod a aned i'r carcharorion oddi arnynt. Mae hynny'n torri fy nghalon.

Neithiwr, clywsom leisiau dynion yn y coridor y tu allan i'r gell. Agorodd yr hollt yn y drws a daeth pâr o lygaid busneslyd i syllu arnon ni. Dim dyma'r tro cyntaf i ni weld llygaid anghynnes David Klein yn dod i syllu yno. Rhegodd Constance yn goch a chodi dychryn ar y dynion ac arna i hefyd o ran hynny. Chwerthais yn uchel, dwi erioed wedi clywed menyw yn rhegi fel llongwr o'r blaen.

Symudodd Klein i'r ochr a daeth llygaid dyn diarth yn ei le. Syllodd y llygaid yn hir arnaf a gyrru ias oer i lawr fy nghefn. 'Go away,' gwaeddodd Constance unwaith eto. Caeodd Klein y drws bach yn glep.

Ar ôl i'r hollt bach gau rhedais at y drws a chlustfeinio. Clywais y ddau yn sôn am fabi. Dwi'n credu mai dyma'r dyn sy'n mynd i fabwysiadu fy mhlentyn.

Cefais ymwelydd arall sef menyw o'r enw Gwen Morris. Hon yw'r fydwraig sydd am edrych ar fy ôl. Chwip o gymeriad sionc a thrwy lwc, Cymraes ac un o ferched teuluoedd y busnesi llaeth yn wreiddiol.

Roedd ganddi fag mawr trwm yn llawn trugareddau. Cymerodd fy nhymheredd a throi at y Gymraeg a dweud ei bod hi am edrych ar fy ôl. Dyna'r geiriau cyntaf o Gymraeg i mi eu clywed ers dod i'r carchar ac er mawr gywilydd i mi rhoddais fy mreichiau amdani a chrio. Mi oedd clywed y geiriau Cymraeg clên wedi tynnu'r holl emosiwn allan ohonof.

'Dwi yma i edrych ar dy ôl di', dywedodd hi a 'nes i ddweud wrthi nad oeddwn i fod yn y carchar o gwbl. 'Fel mae'n digwydd, Gret, dwi wedi clywed dy hanes di ac yn dy gredu di.' Dyna ddywedodd hi Miss Jones. Pan holais hi a oedd 'na unrhyw ffordd yn y byd y gallwn i gadw'r babi aeth hi'n fud dawel. Dywedodd hi mai edrych ar fy ôl i oedd y peth pwysicaf rŵan. Wedyn teimlodd fy mol ac aeth i nôl teclyn gwrando, digon tebyg i gwpan wy, a'i osod ar fy mol er mwyn clywed curiad calon y babi.

Mi ysgrifennaf eto,
Cofion cariadus,
Gret

'Pryd gawsoch chi'r llythyr yma Miss Jones,' holodd Megan.

Ochneidiodd Bet. 'Wythnos yn ôl,' dywedodd gyda chryndod a gofid yn ei llais.

Aeth Megan ati a rhoi ei breichiau amdani i'w chysuro. 'Peidiwch chi â phoeni dim. Fyddwn ni fawr o dro yn cael Gret allan o'r carchar yna.'

Ar draws distawrwydd y parlwr daeth sŵn cnocio fel petai rhywun yn curo hoelen i mewn i ddrws y tŷ. Edrychodd y ddwy ar ei gilydd yn syn.

'Elfed Humphreys,' sibrydodd Bet. 'Naethoch chi ddangos y llyfr i'r bardd cocos a'i ffrind wrth y cloc?' holodd Bet. 'Do, dwi'n meddwl,' atebodd Megan.

'Dyna sut mae o wedi clywed am fodolaeth y llyfr. Mi dorrith o'r drws i lawr i gael ei ddwylo arno'.

Cuddiodd Megan y llyfr o dan glustog ei chadair a mynd at y ffenest. Gwelodd ddyn byr a chydnerth yr olwg mewn dillad gwaith blêr yn waldio'r drws â'i ddwylo mawr. Felly dyma Elfed Humphreys. Ar ôl darllen cymaint amdano a chlywed am ei dymer roedd y dyn ei hun wedi ymddangos o'i blaen yn y cnawd.

'Mi wna i sortio'r diawl yma allan,' meddai Megan yn chwyrn.

'Peidiwch,' plediodd Bet. Doedd fawr o obaith gan ferch ysgafn fel hon meddyliodd. Cynyddodd y sŵn curo ar y drws, wrth i Elfed yrru ei ysgwydd yn ei erbyn yn benderfynol. Rhedodd Megan i fyny'r grisiau ac i'r ystafell wely a edrychai dros y stryd. Agorodd y ffenest a gwthio'i phen allan. Edrychodd Elfed i fyny arni'n flin.

'Lle mae'r llyfr 'na yr ast fach?'

Un rheol answyddogol ymysg pobl Llanystumdwy oedd i beidio byth â chroesi teulu Lloyd George, ac roedd y dyn yma newydd wneud! Chwibanodd Megan yn uchel fel petai hi'n galw ar gi defaid yn y pellter.

Darllen ei bapur newydd yn yr Austin 7 yr oedd Ellis, y gyrrwr, pan glywodd y chwiban. Chwibaniad Lloyd George oedd hon, i'w defnyddio mewn argyfwng yn unig. Lluchiodd Ellis ei bapur newydd o'r neilltu. Fel un o'r swyddogion a warchodai'r Prif Weinidog a'i deulu, roedd ganddo bistol Browning yn ei boced. Tynnodd ef a'i gario ar garlam i gyfeiriad y chwiban.

'Lle ma'r llyfr?' gwaeddodd Elfed ar dop ei lais. Erbyn hyn roedd pren y drws wedi hollti a golau dydd i'w weld drwyddo. Wrth nesáu at gartref Bet pwyntiodd Ellis y gwn at Elfed a gweiddi:

'Well i chdi roi'r gora iddi. Cyn i betha droi'n flêr i chdi.'

Pennod 9

Yn Llundain, yr un diwrnod â chyfarfod Bet a Megan Lloyd George, cododd Gwen Morris, y fydwraig, yn gynnar er mwyn teithio i ardal carchar Holloway. Ar ôl cyrraedd ardal y carchar aeth i dafarn y Nag's Head gan fod gwraig y perchennog yn disgwyl plentyn. Ar ôl tendio'r wraig, eisteddodd Gwen mewn cornel dawel o'r dafarn am hoe fach cyn mynd am garchar Holloway i weld Gret Jones.

Yna, o gornel ei llygad gwelodd David Klein, Rheolwr y Carchar. Roedd Gwen wedi cymryd yn erbyn David Klein o'r cychwyn. Roedd ganddi reddf o feirniadu'n gywir ar yr olwg gyntaf ac roedd hi wedi penderfynu fod rhywbeth annifyr iawn amdano. Gwyliai Gwen ef yn dawel fach. Roedd wyneb Klein yn edrych yn gochach nag arfer heddiw. Gwisgai ei siaced wen nodweddiadol a smociai sigâr. Doedd y Nag's Head ddim y math o le y disgwyliai Gwen weld dyn uchel ael fel Klein ynddo, a dyna pam y dechreuodd amau fod rhywbeth yn y gwynt.

Roedd gan Klein gwmni. O'i flaen eisteddai cwpl yn eu tridegau. Gwisgai'r fenyw ei gemwaith gorau ar gyfer yr achlysur a gwisgai'r gŵr siwt ddrudfawr, un o siop Harrods efallai gydag oriawr aur yn arwydd o'i lwyddiant a'i gyfoeth.

'We can't have any children of our own, you see. That's why this is so important to us,' meddai Jean Cartwright.

'Very important. Are we sure to get the child once it's born?' ychwanegodd John ei gŵr yn llawer rhy uchel i fod wrth fodd David Klein.

'Leave it to me. Do you have the rest of the money?' sibrydodd Klein wrth chwalu sigâr i'r blwch llwch a rhoi clec i weddill ei wisgi. Roedd hi'n gynnar i fod yn yfed, ond roedd taro bargeinion fel hyn wastad yn codi syched arno.

Gwthiodd John Cartwright amlen ar draws y bwrdd i gyfeiriad y Rheolwr. Er ei lwyddiant ariannol doedd John Cartwright ddim yn ddyn poblogaidd. Gwnaeth ei arian drwy werthu tacsis ail-law am grocbris i gyn-filwyr a ddychwelai i Lundain wedi'r rhyfel. Gan fod y ffatrïoedd ceir wedi troi at adeiladu arfau, roedd prinder ceir newydd, ac felly roedd marchnad anarferol o dda am dacsi ail-law. Manteisio drwy wthio'r pris cyn uched â phosib a gwneud arian mawr ar gorn y cyn-filwyr wnaeth John Cartwright.

Chwipiodd Klein yr amlen oddi ar y bwrdd a'i gwthio i boced ei got, ei lygaid yn gwibio i bob cyfeiriad fel gwenci wyllt. 'Now that little business between us is done we can go to the prison and sign the official adoption papers. The child will then be yours by law – but remember what I said, when you meet the other staff at the prison you must present yourselves as a decent, God-fearing couple, who will give the child a good home.'

Roedd Gwen wedi clywed hanes anghyfiawnder morwyn Llys Madryn. Lledodd y stori drwy gapeli Cymru a chapeli Cymraeg Llundain fel tân gwyllt. Cafodd garchar am ddwyn modrwy, ond fersiwn mwy cywir o'r stori, siŵr o fod, oedd i'r ferch ddweud y gwir a'i bod wedi cael cam.

Wedi i Gwen sylweddoli mai'r ferch feichiog yn Holloway oedd y Gret Jones y bu cymaint o sôn amdani, roedd yn benderfynol o geisio gwneud ei gorau glas drosti.

Ar ôl talu David Klein taniodd John Cartwright sigâr gan fanylu ar lwyddiant ei fusnes gwerthu ceir. Arllwysai ei hunanbwysigrwydd allan o'i geg fel llif cymylau mwg ei sigâr.

Pennod 10

20 Ionawr 1919

Safai Megan Lloyd George yng nghyntedd rhif 10 Downing Street yn mynnu ateb.

'Ble mae Nhad?'

O flaen Megan safai Sylvester, Ysgrifennydd Preifat ei thad yn gwingo. Bu siwrnai Megan yn boenus o araf a hithau ar bigau'r drain yr holl ffordd o Sir Fôn wrth feddwl am y ferch ddiniwed, feichiog yng ngharchar Holloway.

'I'm not sure Megan. He's here somewhere but I can't say.'

'Efo *hi* mae o, ynde?' Troi at y Gymraeg wnâi Megan i gwyno am ei thad a'r feistres ifanc.

'As I said, I'm not sure?' mwstrodd Sylvester wên anghyfforddus a chipio golwg euog at bâr o ddrysau mawr gyferbyn.

Cofiodd Megan am arferiad ei thad o fynd i'r *White Room* i ddarllen y *Times* ar bnawn Sul. Agorodd ddrysau dwbl y *White Room* crand a chanfod yr ystafell yn wag. Sgubodd drwy'r ystafell gydag ysgrifennydd ei thad yn ei dilyn fel cynffon. Cipiodd Megan olwg sydyn i gyfeiriad y llun uwchben y lle tân o farmor gwyn. Yn y llun rhythai llygaid William Pitt the Younger nôl ati o ganol cynfas tywyll, hyll.

Ble roedd o? Roedd hi angen ei gyngor, ei ddoethineb. Rhaid oedd datrys problem Gret Jones a'i chael hi allan o'r carchar. Roedd Megan wedi ceisio ffonio ei thad droeon o Sir Fôn, ond heb lwyddiant. Doedd dim amdani felly ond dal y trên cyntaf i Lundain.

Rhy brysur yn gwleidydda i ddod at y ffôn oedd yr esgus swyddogol bob tro y ffoniai, er y gwyddai Megan mai'n rhy brysur gyda Frances yr oedd o mewn gwirionedd. Aeth Megan at y drysau mawr ym mhen pellaf y *White Room* a'u hagor. Ystafell wag arall, ond y tro hwn hongiai arogl persawr Frances yn yr awyr. Llygadodd Megan y drws yng nghornel pellaf yr ystafell honno. Mae'n rhaid mai yno roedd y ddau yn cuddio. Wrth nesáu at y drws clywodd leisiau. Dadlau; hyd yn oed, gwell na hynny ffrae! Agorodd Megan y drws a cherdded i ganol storm o ddadl rhwng y ddau.

Ar ôl gweld Megan ffrwydrodd Frances Stevenson allan o'r ystafell â'i hwyneb fel taran, gan adael Lloyd George yn syllu'n geg agored i'r gwagle lle bu hi'n sefyll.

Ceisiai Megan guddio'i phleser o ddal y ddau yn ffraeo. 'Tada... dwi angen sgwrs!'

Eglurodd Megan y cyfan i'w thad gan gynnwys llythyrau Gret o'r carchar.

'Ffug,' meddai Lloyd George ar ôl astudio llyfr Owen Humphreys am funud. 'Dyna'r drwg ti'n gweld, Megan. Bydd rhaid i ti brofi nad ffug yw'r llyfr yma.'

Tynnodd Lloyd George ei sbectol ddarllen oddi ar ei drwyn a gadael iddi orffwys ar ei wasgod. Rhythodd ar wyneb difrifol ei ferch. Roedd o'n dotio at ei chwilfrydedd.

'Ond mae o'n amlwg fod y llyfr yn *bona fide*. Mae o'n llawn atgofion a storis o bob math,' atebodd Megan.

Pwyntiodd Lloyd George at un o'r lluniau olew mawr trawiadol ar y wal. 'Mae modd ffugio pob dim os wyt ti'n ddigon clyfar. Cymer y llun yma gan Turner. Mae pobl yn medru copïo petha fel hyn, a thwyllo pawb.'

'Mae'r ferch yma, druan, yn y carchar ac ar fin colli ei phlentyn. Oes yna rwbath fedrwn ni ei wneud i'w helpu?' holodd Megan yn ddagreuol.

Cododd Lloyd George y llyfr carpiog am yr eildro a bodio'r tudalennau eto. Tynnodd ar gornel ei fwstas a chreu pigyn cyn siarad yn bwyllog.

'Mae'r llys wedi ei chael hi'n euog a hynny'n dilyn proses gyfreithiol. Gall y llyfr yma fod yn hollol ffug. Beth bynnag, fedar Prif Weinidog ddim ymyrryd mewn achosion fel hyn.'

Cymerodd Megan y llyfr yn ôl gan ei thad a'i wasgu'n dynn i'w bron – anadlodd yn hir ac yn drwm, dechreuodd ei llygaid ddyfrio.

O weld y tristwch ar wyneb ei ferch closiodd Lloyd George ati a siarad yn dyner.

'Er na fedraf i weithredu'n swyddogol – does dim byd i dy stopio di rhag gweithredu!'

Pennod 11

23 Ionawr 1919

Eisteddai Gwen Morris ar ei phen ei hun ym mwyty'r Criterion yn edrych yn anesmwyth yn ei blows wen a sgert hir at ei phengliniau. Teimlai fel asgwrn o'i le ymhlith y byrddau o ferched ffasiynol yn eu sgertiau byrion lliwgar.

O'r nenfwd o farmor *Neo-Byzantine* i'r rhes o ganhwyllyr o risial pur, dyma oedd un o fwytai mwyaf crand Llundain.

Gwibiai llygaid Gwen yn nerfus rhwng y fwydlen yn ei llaw a'r gweinydd ifanc yn ei wasgod wen a safai o'i blaen yn aros yn amyneddgar am ei harcheb.

'I can recommend the wild boar or the artichoke risotto drizzled with truffle sauce,' awgrymodd.

Mwstrodd Gwen wên fach cyn ateb. 'Just tea, thank you'.

Ar ôl i'r gweinydd fynd aeth Gwen i'w phoced, agorodd yr amlen ac ailddarllen y gwahoddiad a dderbyniodd yn ei chartref trwy law negesydd y noson gynt.

10 Downing Street
London

Annwyl Miss Morris
Rwyf yn deall eich bod yn fydwraig sy'n gwarchod mamau yng ngharchar Holloway yn y ddinas. Mae gennyf ddiddordeb trafod sefyllfa merch o'r enw Gret Jones gyda chi.

Mi fuaswn yn ddiolchgar iawn pe bai modd i chi fy nghyfarfod yn dawel bach. Awgrymaf fwyty'r Criterion yn Piccadilly Circus am saith nos yfory,

Yn gywir iawn,
Megan Lloyd George

Plygodd y llythyr a'i roi'n ôl yn yr amlen yn daclus. Edrychodd ar y cloc mawr ar y wal – munud wedi saith.

Roedd sŵn cymdeithasu a chiniawa yn llenwi'r awyr fel trydar adar bach. Dyfalodd, am y canfed tro, pam fod merch y Prif Weinidog yn cymryd y fath ddiddordeb yn Gret Jones, y forwyn o Walchmai a pham trefnu cyfarfod yn y dirgel fel hyn. Sipiodd Gwen ei phaned. Teimlai'n chwithig gan fod siampaen yn llifo ar y rhan fwyaf o'r byrddau eraill.

Roedd y te yng nghwpan Gwen wedi hen oeri cyn i Megan Lloyd George ymddangos am chwarter wedi saith. Syrthiodd mantell o ddistawrwydd dros yr ystafell gan fod cwsmeriaid breintiedig y Criterion wedi adnabod merch y Prif Weinidog.

'Diolch am gytuno i ngweld i ar fyr rybudd,' cyfarchodd Megan.

'Dim bob dydd mae rhywun yn cael gwahoddiad i swper efo merch y Prif Weinidog,' atebodd Gwen.

Aeth y ciniawyr eraill yn ôl at eu sgyrsiau, agorodd Megan ei bag llaw ac estyn un o'r llythyron a ddanfonodd Gret at ei hathrawes, Bet Jones.

'Cefais eich enw o'r llythyr hwn. Mae 'na ganmol mawr i chi. Mater bach oedd cael eich cyfeiriad ar ôl holi ymhlith Cymry Llundain,' esboniodd.

'Dim ond gwneud fy ngwaith,' atebodd Gwen.

'Mae gennych chi job anodd, Miss Morris, yn enwedig yn y cymunedau tlotaf'.

'Oes – ar adegau mae hi'n hynod anodd. Mae 'na lawer o famau yn colli eu plant ar enedigaeth neu yn fuan wedyn. Dyna'r peth anoddaf am y gwaith.'

'Felly sut mae Gret? Beth fydd tynged y babi, tybed?' holodd Megan.

Tywyllodd wyneb Gwen. Adroddodd hanes David Klein a'r Cartwrights. Ar ôl gwrando'n astud aeth Megan i'w bag ac estyn llyfr Owen Humphreys.

'Rydan ni'n dwy yn gwybod fod Gret yn ddiniwed. Nath hi ddim dwyn y fodrwy a dyma'r prawf.'

Bodiodd Gwen y llyfr carpiog â'i llygaid yn fawr wrth bicio ar y pytiau trist ar y dalennau. Eglurodd Megan fod y llyfr yn annigonol fel tystiolaeth gan ei bod hi'n hawdd ffugio dogfennau o'r fath.

Ysgwyd ei phen wnaeth Gwen ac ochneidio'n dawel.

'Mae hyn mor anghyfiawn, yn enwedig gan fod Gret am golli'r babi yma. Druan fach. Ond o ran ei hiechyd mae hi'n iawn – gwelais i hi bore ma'. Gall y babi ddod unrhyw funud.'

Aeth y ddwy yn dawel am ychydig wrth iddynt hel eu meddyliau.

'Mae'n rhaid bod 'na rywbeth y gallwn ni ei wneud' sibrydodd Megan yn dawel.

'*Mae* 'na un peth… un ffordd efallai?' atebodd Gwen yn feddylgar.

Agorodd Megan ei llygaid led y pen.

'Ond mae'n beth anghyfrifol… anghyfreithlon hyd yn oed,' ychwanegodd Gwen.

'Dewch, Miss Morris, rhannwch eich syniad, dwi'n glustiau i gyd,' atebodd Megan.

Pennod 12

Mis Mawrth 1919
Noson yr enedigaeth yng Ngharchar Holloway

'Let me in. It's the midwife!' gwaeddodd Gwen Morris ar ôl cnocio ar ddrws mawr pren y carchar. Safai yno'n gwarchod ei het rhag y gwynt a dal bag lledr brown yn ei llaw arall. O'r diwedd roedd Gret Jones – carcharor rhif 4657 – wedi dechrau rhoi genedigaeth. Wrth ymyl y fydwraig yn strem y gwynt safai Megan Lloyd George yn gwisgo sgarff yn dynn am ei phen ac yn gafael mewn bag mawr.

Agorodd drws bach uwch eu pennau a daeth pâr o lygaid i syllu i lawr arnynt yn ddrwgdybus. Rowliodd Gwen ei llygaid. Felly byddai pob plismon, meddyliodd, amau a chwilio am ryw ddrwg bob amser.

'Midwife here. With my assistant. Open up!' gwaeddodd. Clywodd y bolltau mawr yn agor.

Dilynodd un o staff y carchar Gwen i'r gell, er nad oedd angen eu cymorth arni. 'We want to see her alone. She is our patient,' meddai'n awdurdodol. Gadawodd y swyddog y gell yn ufudd.

Gorweddai Gret ar wely blêr yn chwys domen a'i gwallt yn gudynnau blêr dros ei hwyneb. Nesaf ati roedd Constance yn gafael yn ei llaw; yn ei chysuro.

'Thank Christ you're here,' meddai Constance.

Gosododd Gwen a Megan eu bagiau mawr ar y bwrdd. Cymerodd Gwen dymheredd Gret.

'Gret, dwi wedi dod â ffrind efo mi i'n helpu heddiw. Dyma Megan. 'Dan ni yma i edrych ar dy ôl di.'

Dechreuodd Gret wingo mewn poen. Rhoddodd Gwen ei braich amdani a'i chofleidio'n dynn.

'Dyna ni, cariad bach. Mi fydd pob dim yn iawn.'

Teimlodd Gwen ei bol. 'Mae hi'n agos. Megan – pasiwch y teclyn gwrando, mae o yn fy mag – yn debyg i gwpan wy,' gofynnodd Gwen.

Aeth Megan i'r bag ac estyn y teclyn. Gwrandawodd Gwen yn astud am funud.

'Pob dim yn iawn. Curiad da. Gwthia Gret. Gwthia.'

Trwy ei dagrau a'i phoen gwthiodd Gret pan ofynnodd Gwen iddi wneud hynny.

Llithrodd y babi ohoni yn rhyfeddol o dawel a didrafferth.

'Ydy'r babi'n iawn?' Holodd Gret, ei llais yn llawn cryndod.

'Ydy cariad. Mae gen ti ferch fach.'

'Dyma ti,' dywedodd Gwen ar ôl lapio'r plentyn mewn lliain. Cymerodd Gret y babi yn ei breichiau a'i fagu'n dynn. Symudodd Gwen yn agos at Gret.

'Gret fach. Gwranda arna i'n ofalus,' sibrydodd.

'Gwrando ar beth?' holodd Gret, heb dynnu ei llygaid oddi ar wyneb y babi tawel yn ei breichiau.

'Mae Megan a mi am fynd â'r babi yma. Ond paid â phoeni, mi fydd pob dim yn iawn.'

Tynnodd Gret y babi yn dynn ati. 'Na. Peidiwch â mynd â hi. Dim eto. Munud arall,' plediodd Gret.

'Trystia ni Gret. Rydan ni yma i dy helpu di,' meddai Megan a'i llais yn gadarn.

Cymerodd Gwen y ferch fach, ei lapio mewn blanced drwchus a'i gosod yn ofalus o'r golwg ar waelod ei bag mawr meddygol. Syllodd Gret arni'n syn. Yna aeth Gwen i waelod y bag arall mawr a gariodd Megan i mewn. Ohono tynnodd fwndel arall crwn mewn blanced.

Yn y blanced roedd corff digyffro babi marw, ei groen yn welw a'i lygaid llonydd yn syllu fel botymau.

'What in God's name?' ebychodd Constance.

'Sshhh,' rhoddodd Megan ei bys at ei gwefusau.

'He was still born. God rest him,' ychwanegodd Gwen.

'This way we might save her baby,' dywedodd Megan.

Sibrydodd Gwen yng nghlust Gret:

'Os fedrwn ni adael y carchar heb gael ein dal, mi awn ni â dy ferch fach a'i chuddio. Mi gadwa i hi'n saff i ti.' Gafaelodd Gret yn ei llaw ac anwylo ei grudd yn dyner.

'Ar ôl i ti ddod allan o'r lle dychrynllyd ma, mi ddof i â'r ferch fach atat ti ond mi fydd yn rhaid i ti ei chuddio a'i magu hi'n dawel bach. Ei chadw hi'n gyfrinach neu fydd yr awdurdodau ar ein hôl... wyt ti'n deall?'

'Ydw... dwi'n deall,' atebodd Gret, yn ddagreuol a'i llais yn wan, ei chroen yn wyn a'i gwallt yn glynu'n chwyslyd at ei thalcen.

'Rydan ni am fynd rŵan Gret,' dywedodd Megan.

'Da ni angen i ti ddechrau galaru am y babi marw yma. Wylo ar dop dy lais i dynnu sylw'r giard tra'n bod ni'n mynd o ma.'

Cymerodd Gret y babi marw yn ei breichiau yn ofalus ac fe ddaeth y dagrau yn hawdd. I sŵn ei hudo, sleifiodd Megan a Gwen allan o'r carchar.

Pennod 13

1938

Yn Llundain, rhwng Euston a King's Cross, safai'r Midland Grand Hotel yn ei holl ogoniant. Yn ystod oes y Frenhines Fictoria adeiladodd y Midland Railway Company reilffordd newydd er mwyn cysylltu ardaloedd diwydiannol gogledd a chanolbarth Lloegr â Llundain. Fel gwythïen gyfoethog, cludai'r rheilffordd ddiwydianwyr llwyddiannus y gogledd i droedio palmentydd aur y brifddinas.

Pen y daith hir o'r gogledd oedd y Midland Grand Hotel, adeilad unigryw a edrychai'n debycach i gastell gothig na gwesty. Doedd 'na fawr o waith cerdded rhwng y gwesty a'r cerbydau dosbarth cyntaf a ddeuai i orsaf rheilffordd St Pancras. Yn ôl yn yr adeg honno – yn anterth oes Fictoria safai porthor mewn lifrai coch yn nrws y gwesty gan estyn croeso i fyd o foethusrwydd lle llosgai tanau agored ymhob ystafell a lle crwydrai byddin o weinyddesau yn brysur ofalu amdanynt. Er i'r Midland Grand ddiddanu'r gwesteion cyfoethocaf yn y bedwaredd ganrif ar bymtheg ychydig iawn o'r crandrwydd hwnnw oedd i'w ganfod yno erbyn hyn. Yn y dderbynfa heddiw safai D.I. John yn ciwio i dalu ei fil. Yn ei bedwardegau, yn ŵr cyhyrog a thal a chanddo wallt du afreolus at ei goler roedd golwg y diawl arno ar ôl noson fawr neithiwr – trip meddwol ac aduniad ei hen ffrindiau yn heddlu'r Met.

Taerai D.I. John iddo glywed lleisiau ysbrydion y morwynion prysur yn atseinio yng ngwacter oer y muriau uwchben. Dim ond hen borthor cysglyd ac un derbynnydd oedd yno. Na, mi gymerai llawer mwy na chôt o baent i adfer ysblander y lle hwn, meddyliodd.

'Everything to your liking, sir?', holodd y derbynnydd. Nodiodd D.I. John yn gwrtais er nad oedd yn malio mewn gwirionedd – gan mai dim ond rhywle i gysgu am un noson oedd ei angen arno.

'There won't be a war will there, sir?' holodd y derbynnydd. Fel trafod y tywydd dyna'r cwestiwn ar enau pawb. 'No,' atebodd D.I. John, er y tybiai'n wahanol. Ar arfordir Ynys Môn ger ei gartref yn Rhosneigr, roedd y trigolion wedi gweld dynion dieithr yn mapio'r arfordir. Derbyniodd sawl un o'r ffermwyr lleol lythyrau: Your land is REQUISITIONED for military purposes. Maes awyr newydd yr RAF, dyna feddyliai D.I. John oedd tu ôl i hyn. Casglodd ei fagiau ac anelu am y drysau tro.

'Have a good day, sir. Safe trip back to Wales. Careful with the revolving doors.'

Rhoddodd D.I. John gildwrn iddo. Troellodd drwy'r drysau yn ddidrafferth a chyflymu i ddal ei drên yn ôl i Gaergybi.

* * *

Yn Ynys Môn, ar gyrion pentref Gwalchmai ar yr A5, chwipiai'r gwynt ddeilen gelyn bigog i lawr y lôn i gyfeiriad Llangefni. Dyma'r gwyntoedd ysgafn cyn y storm a ymgasglai allan ym Môr Iwerydd. Tawelodd y gwynt am eiliad a daeth y ddeilen i orffwys o flaen giatiau mawr dur, cloëdig oedd wedi eu gosod gam yn ôl o'r ffordd fawr. Ar frig y giatiau roedd y geiriau 'Llys Madryn' mewn llythrennau dur. Ddydd a nos gyrrai'r byd heibio i'r giatiau cloëdig a chipiai ambell un olwg sydyn i ddyfalu, am ennyd, pa fyd a drigai y tu hwnt i'r giatiau trwm?

Chwythodd y gwynt drachefn a gyrru'r ddeilen i lawr y lôn goediog a arweiniai i gyfeiriad y Llys. Cododd y gwynt y ddeilen yn uchel a'i throelli fel petai'n dawnsio mewn

cylchoedd o gwmpas y tŷ cyn syrthio i lawr a glanio wrth
droed y muriau o gerrig cadarn. Safai'r tŷ ysgwydd yn
ysgwydd â chartrefi bonedd eraill yr ardal ac o'r neuadd
drawiadol yng nghanol y tŷ esgynnai'r grisiau llydan tua'r
llofftydd. O ffenestri'r ystafelloedd gwely crandiaf roedd
modd gweld mynyddoedd Eryri yn glir ar y gorwel yn eu
holl ogoniant. Tyfai gorchudd o ddail fflamgoch ar y waliau
ac edrychai'r ffenestri tal dros y gerddi taclus. Dim ond sŵn
y gwynt a'r dŵr yn chwistrellu o'r addurn yn y llyn bach
crwn o flaen y Llys oedd yno i darfu ar y distawrwydd.

Ar ôl gwerthfawrogi harddwch y tŷ, yr hyn oedd yn
taro dieithryn oedd ei lonyddwch a sŵn y cloc yn tic-tician
yn y distawrwydd. Adeiladwyd y tŷ yng nghanol Coedwig
Tlysau'r Gog. Yn ôl y llyfrau hanes arferai fod yn rhan o
goedwig llawer mwy ei maint ar un adeg – ond dyma'r cyfan
a oedd yn weddill erbyn hyn: un gornel fach o hanes a âi yn
ôl i gyfnod yr hen dywysogion.

Yn eu tro ymddangosai blodau'r gwynt, cribell felen,
clychau'r gog, briallu a chennin Pedr yma, a galwai'r dryw, y
robin goch, y dylluan wen a hyd yn oed gnocell y coed yma
yn eu tro. Coed cyll, ffawydd a sycamorwydd oedd amlycaf
gydag un dderwen fawr hynafol fel brenin yn y canol – y
wobr i'r rhai oedd yn ddigon dewr i ddringo i'r uchelderau
oedd golygfa odidog o weddill Ynys Môn. Roedd yr enw
Owen wedi ei gerfio arni. Fel y codai ci ei goes i farcio ei
diriogaeth – arferai'r llanc ddod yma efo'i gyllell boced i
naddu ei enw'n gelfydd arni. Owen oedd tywysog y goedwig,
mwnci yn y canghennau a'r cowboi yn y coed – yn chwarae
drwy'r dydd nes clywed llais ei dad fel utgorn yn ei alw yn ôl
i'r tŷ am swper.

Erbyn hyn, mae Llys Madryn a'i choedwig yn dawel a'r
llanc wedi hen ymadael. Hawdd fyddai dychmygu amser yn
aros yn ei unfan yn Llys Madryn.

Pennod 14

Ar ôl dychwelyd o Lundain

Mae hi'n ddeg y nos. Gwyliwch o'n agor y drws ar lonyddwch oer ei gartref. Mae'r tŷ fel ogof a'r gwacter yn codi'r felan arno bob tro mae'n dychwelyd adre.

Taflodd D.I. John allweddi'r car ar y bwrdd. 'Afallon' oedd yr enw a roddodd ei dad, Fergus, ar y tŷ teras dwy ystafell wely yn Rhosneigr ar arfordir gorllewinol Ynys Môn. Dewisodd ei dad yr enw yn fuan ar ôl symud i mewn – a dyna oedd ei weithred olaf cyn iddo eu gadael. Ddaeth Fergus erioed yn ôl. Y si ar led oedd ei fod o wedi dianc yn ôl i Iwerddon ar ôl rhyw sgandal neu'i gilydd efo dynes arall. Soniodd ei fam yr un gair amdano wedyn. Yr unig gyfeiriad y gwnaeth hi ato oedd 'Ti'n union fel dy dad,' bob tro y gwnâi rhyw ddrygioni.

Doedd fawr ddim wedi newid yn y tŷ ers marwolaeth ei fam ddwy flynedd ynghynt – yr un lluniau ar y waliau, yr un llyfrau ar y silffoedd a'r un trugareddau diwerth ar hyd y lle. Ar fwrdd y gegin roedd gweddillion ei frecwast – hanner powlen o uwd. Agorodd ddrws yr Aga a rhawio ychydig o lo er mwyn ceisio adfer y tân. O'i gwmpas, ar y muriau, roedd ei fam wedi gosod lluniau ohono, yn ddathliad balch o'i yrfa'n blismon. Y mwyaf trawiadol oedd llun ohono'n ifanc yn ei lifrai Cadet uwchben y lle tân. Er ei fod yn Dditectif Arolygydd erbyn hyn, aros yn ei hunfan wnaeth ei yrfa ers blynyddoedd. Yn swyddogol, teimlai ei gyflogwyr nad oedd D.I. John yn ddigon o *team player* – er mewn gwirionedd, ei atgasedd naturiol i gowtowio fu'r rhwystr mwyaf i'w yrfa.

Credai D.I. John yn y wireb Iddewig, llygad am lygad. Roedd cyfiawnder naturiol wastad wedi apelio ato. Fel P.C.

ifanc ar y bît ar gychwyn ei yrfa arferai roi bonclust i ambell fachgen er mwyn cadw trefn, ac ar achlysuron eraill rhoddai ambell ddwrn haeddiannol i ddynion oedd wedi curo eu gwragedd. Oedd, roedd cyfiawnder di-lol yn llawer mwy effeithiol na chyfiawnder araf biwrocrataidd y llysoedd barn yn ei farn ef. A dyna'r gwahaniaeth sylfaenol rhwng D.I. John a'i bennaeth, y Prif Gwnstabl Grace. Yn ôl Grace, job yr heddwas oedd cofnodi pob trosedd yn swyddogol a gwaith y llys oedd dedfrydu a phenderfynu ar y gosb.

Roedd o'n edrych ymlaen at fwynhau cwrw bach ar ôl ei daith hir o Lundain. Agorodd ddrws y cwpwrdd ac estyn potel. Roedd yr agorwr poteli yn hongian yn gyfleus wrth linyn gerllaw. Cyn iddo'i hagor clywodd sŵn curo ar y ffenest.

'Helo? Mr Ffling?'

Dam! Sandra'r *divorcee*. Barmed y dafarn leol yn tap, tap, tapian ar y ffenest eto.

Pwysai Sandra ei thalcen ar y gwydr a rhythu i mewn i'r tŷ. Diffoddodd John olau'r gegin a sefyll yn y tywyllwch gan obeithio y collai hi ddiddordeb a gadael.

'Mr Ffling... dwi'n gwybod bod ti 'na.'

Ei llais yn uchel fel cloch ac yn siriol ddireidus. Awgrymog hyd yn oed.

Damia! Doedd na'm dianc. Ochneidiodd yn dawel. Mr Ffling oedd hi wedi ei alw ers yr un noson honno y cysgodd gyda hi rai wythnosau ynghynt. Ar ôl iddo glywed achlust yn y dafarn fod Sandra 'fel fferet yn y gwely' mi fentrodd (ar ôl meddwad) i'w gwahodd yn ôl am noson wyllt. O ganlyniad i hynny roedd Sandra wedi cymryd yn ganiataol fod y ddau mewn perthynas.

'Mae gen i darten fala i chdi tro yma.'

Dim blydi tartan arall meddyliodd. Rhythodd ar y darten gwsberis heb ei chyffwrdd ers i Sandra ddod â hi yno rai dyddiau ynghynt. Penderfynodd mae digon oedd digon. Byddai'n rhaid dweud wrthi. Dweud wrthi'n blaen, unwaith ac am byth. Agorodd y drws gan wynebu Sandra a'i tharten. 'Diolch yn fawr, Sandra, ond dwi ddim yn licio fala a dwi ddim yn barod am berthynas chwaith. Sori.'

Syllodd Sandra arno am eiliad neu ddwy gyda golwg ar ei hwyneb oedd rhywle rhwng casineb pur ac anghrediniaeth lwyr. Daeth y geiriau nesaf iddi'n go rwydd.

'Y blydi bastard anniolchgar.'

Taflodd Sandra'r darten afal. Chwibanodd heibio'i glust chwith a chwalu'n deilchion ar y wal gyda darnau o'r darten yn chwalu i bob cyfeiriad.

Stompiodd Sandra oddi yno gan weiddi'n uchel:

'Stwffio chdi ta. Nos blydi da, Mr blydi Ffling!'

Roedd sgrechian Sandra wedi deffro'r stryd a gyrru'r cŵn i udo yn y gerddi cyfagos.

Pennod 15

'Does 'na'm byd yn well na phanad o de,' meddai Sarjant Jones ar ôl gosod y gwpan yn daclus ar ddesg flaen y swyddfa lom lle nad oedd fawr ddim heblaw cadair a dau boster. Tra oedd un poster yn annog y cyhoedd i gysylltu os oedd ganddyn nhw wybodaeth am ddrwgweithredwyr, roedd y llall yn bygwth pobl Caergybi efo cosb am wastraffu amser yr heddlu wrth gyflwyno gwybodaeth ddibwys.

Y tu ôl i'r Sarjant eisteddai D.I. John. Roedd o wedi syrffedu clywed yr hen Sarjant yn dweud 'does na'm byd fel panad' bob tro y deuai paned o de yn agos ato.

'Dwi'n anghytuno, Sarjant – mae 'na betha llawer iawn gwell na phanad o de yn y byd yma.'

Blasodd y Sarjant ei de a gwneud wyneb bodlon. Dim ond corddi D.I. John ymhellach wnaeth hynny.

'Er enghraifft, rowlio mewn tas wair efo Vivien Leigh.'

Ochneidiodd y Sarjant yn dawel. Aeth ati'n frysiog i orffen ffeilio'r papurach ar ei ddesg er mwyn ei ddiystyru. Roedd ypsetio'r Sarjant yn un o hoff bleserau D.I. John. Daeth y Prif Gwnstabl Grace i'r golwg, gŵr tal, awdurdodol a chanddo ben moel a golwg fel petai pwysau'r byd ar ei ysgwyddau.

'Peidiwch â chymryd unrhyw sylw ohono, Sarjant!' meddai Grace.

Gwenodd y Sarjant, roedd ganddo ateb parod i'w bennaeth.

'Peidiwch â phoeni, Prif Gwnstabl. Fydda i byth yn cymryd sylw ohono… na'i brancia gwirion o chwaith,' meddai.

Roedd Grace wedi bod yn chwilio am D.I. John ers tro.

'D.I. John, mae gen i joban i chi ym Mangor. Cledwyn sy' wedi ffonio.'

Cledwyn Jones, Cynghorydd lleol oedd hwnnw. Dyn yr hoffai heddweision fel Grace ei blesio ar bob gafael.

'Mae Cledwyn yn dweud bod lladron wedi dwyn o dŷ Canghellor Prifysgol Bangor. Dwi am i chdi fynd yno heno i arwain yr *investigation*.'

Edrychodd D.I. John ar y glaw yn chwipio'r ffenest.

'Be, yn y storm yma? Dim ffiars o beryg, Syr. Wnaiff fory y tro siŵr?' heriodd D.I. John yn ddi-hid.

'Dach chi'n mynd yno rŵan D.I. John. Ond yn gyntaf, cyn mynd, tacluswch eich hun a gwisgwch dei, wnewch chi?'

Er nad oedd Grace yn hoffi dulliau *maverick* D.I John, na'i ffordd swta ffwrdd â hi, ef oedd yr heddwas mwyaf effeithiol a di-lol os am ganlyniad cyflym.

Pennod 16

Rhedodd D.I. John drwy'r gwynt a'r glaw a neidio i mewn i'r Wolseley. Car newydd sbon danlli heddlu Caergybi allai gyrraedd saith deg milltir yr awr. Taniodd yr injan, sythodd y drych a gyrrodd allan o Gaergybi i gyfeiriad Bangor. Prin y gallai'r sychwyr ffenestri ymdopi â'r glaw trwm. Rhegodd dan ei wynt – pam bod rhaid iddo fo fynd o gwbl? Damia heddweision diog Bangor. Cwyno ar y ffôn eu bod yn brin o staff a mynnu bod Swyddfa Caergybi yn anfon rhywun i helpu ar ôl lladrad go fawr. Pam na allan nhw ddal eu lladron eu hunain?

Gwyddai'n union ble i ddechrau chwilio. Gan Wil Wirion y gobeithiai D.I. John gael gwybodaeth am y lladron. Bob nos âi Wil Wirion o gwmpas tafarndai Bangor yn gorffen cwrw'r cwsmeriaid oedd wedi gadael eu diod am ychydig funudau i fynd allan am bisiad. Meddwai Wil ar gorn pawb arall ac amser *last orders* oedd y cyfnod mwyaf ffrwythlon iddo. Adeg hynny o'r nos roedd diodydd yn dod o bob man ac yfwyr meddw yn colli cownt o bwy oedd pia beth. Nid cwrw yn unig y byddai Wil yn ei ddwyn. Byddai'r ddiod yn llacio'r tafodau, a'r sgyrsiau yn esgor ar wybodaeth ddiddorol. Doedd Wil ddim mor wirion ag yr awgrymai ei enw. Ar ôl clustfeinio ar sgyrsiau'r yfwyr cariai unrhyw wybodaeth ddiddorol yn ôl at D.I. John am gildwrn.

Os nad oedd Wil o gwmpas, roedd gan D.I. John restr answyddogol yn ei ben o ddrwgweithredwyr Bangor a'u cuddfannau amrywiol. Y gamp oedd darganfod y guddfan gywir cyn i'r lladron symud y nwyddau… felly gwasgodd ei droed ar y sbardun ac i fyny â'r nodwydd dros y 50 a thuag at y 65 milltir yr awr ar hyd yr A5 i ganol y storm fawr a chwythai i mewn o'r môr.

*　　*　　*

Wrth yrru ar gyflymder ar gyrion Gwalchmai aeth D.I. John i boced ei gôt a thynnu allan gopi o'r *Brython*. Rhoddodd olau gwan y car ymlaen, agor y papur newydd a'i osod i bwyso ar yr olwyn er mwyn gyrru a darllen yr un pryd.

Neville Chamberlain yn cyfarfod Hitler.

Yn ôl y papur roedd Hitler wedi mynnu bod Chamberlain yn cael y croeso gorau posib. O dan y pennawd roedd llun o Hitler fel petai'n ceisio ymestyn ei hun yn dalach wrth ysgwyd llaw Chamberlain ar stepiau'r Berghof.

Edrychai D.I. John ar y lôn a'r papur newydd am yn ail.

Ar yr ail dudalen roedd llun o'r ddau arweinydd mewn ystafell enfawr gyda golygfeydd panoramig o'r mynyddoedd y tu ôl iddynt. Ar hyd y waliau hongiai tapestri Gobelin lliwgar a drudfawr o Baris a lluniau gwreiddiol gan rai o feistri mwyaf Ewrop. Roedd carpedi Persiaidd ar y lloriau a chanhwyllyr grisial mawr yn hongian uwchben y byrddau, a'r byrddau hynny'n drwmlwythog o fwyd a gwin. Safai gweinydd mewn siaced wen lachar yn dal potelaid o siampaen. Yn y llun roedd Hitler yn codi ei wydr yn frwdfrydig ac yn cynnig llwncdestun i'r ddwy wlad.

'Ein Toast… auf Grosbritannien und Deutschland.'

Yn ôl yr erthygl aeth y ddau arweinydd ati i drafod cytundeb, cyfaddawd rhyngddynt a fyddai'n gwarchod annibyniaeth y Weriniaeth Tsiec ac yn addo heddwch.

'Celwydd. Mi fydd 'na ryfel,' meddai D.I. John yn uchel fel petai ganddo gwmni yn y car. 'Wel, beth bynnag a ddigwydd, mi fydda i'n iawn, dwi'n rhy hen i ymladd, diolch byth.'

Wrth droi tudalennau'r papur newydd i ddarllen y stori nesaf, anghofiodd D.I. John bob dim am y tro garw o'i flaen ac erbyn iddo godi'i ben i edrych ar y lôn, roedd hi'n rhy hwyr. Llithrodd yr olwynion yn y mwd a'r llaid, tasgodd y car drwy'r llwyni a rhuthro'n ddireol i gyfeiriad y coed islaw. Wrth i D.I. John wasgu a phwmpio ar y brecs yn galed clodd yr olwynion.

Plymiodd y car i lawr y llethr i'r goedwig dywyll. Fel pelen *pinball*, adlamodd y car o goeden i goeden, tan iddo gyraedd pen ei daith drwy daro boncyff coeden dderw braff yng nghanol y goedwig. Peidiodd pob dim â symud am eiliad. Â'i ddwylo'n crynu a'i galon yn rasio, sylweddolodd D.I. John ei fod yn dal yn fyw, ei gorff mewn un darn a dim niwed iddo'i hun, heblaw am dolc i'w falchder. Roedd lampau'r car wedi'u chwalu a'r injan yn farw. Gafaelodd yn y radio a'i thrio. Dim byd. 'Blydi bygar,' gwaeddodd ar dop ei lais er nad oedd yr un enaid byw arall yno i'w glywed yn melltithio.

Er bod D.I. John wedi gyrru drwy'r ardal droeon, doedd o ddim wedi sylwi ar y goedwig hon o'r blaen. Yn y storm, roedd un o'r coed wedi syrthio yn y gwynt a chwifiai'r coed eraill eu canghennau yn ôl a blaen, fel petaent yn wylo mewn galar amdani. Agorodd y drws yn araf yn erbyn y gwynt, er mwyn mynd allan i asesu cyflwr ei gerbyd. Roedd teiars blaen y car wedi chwythu'n yfflon. 'Damia!' Ciciodd yr olwyn yn ei dymer. Mi fyddai angen tractor go fawr i'w dynnu allan, meddyliodd. Roedd hon yn rhan o goedwig llawer mwy ei maint ar un adeg, ond dyma'r cyfan oedd ar ôl ohoni erbyn hyn. Un gornel fach o hanes oedd yn dyddio yn ôl i gyfnod yr hen dywysogion – coed cyll, ffawydd a sycamorwydd, ac un dderwen fawr hynafol yn sefyll fel brenin yn eu canol.

Daeth mellten i hollti'r awyr a goleuo'r nen fel petai'n olau dydd. Syrthiodd y glaw yn galed a gwneud sŵn ar do'r car fel cenllysg ar do sinc. Daeth sawl mellten arall i oleuo'r olygfa'n drydanol. Yng nghanol yr olygfa honno, tu hwnt i'r coed – gwelai D.I. John blasty bonheddig, tŷ mawr ac iddo dŵr gothig o dan orchudd o ddail.

Pennod 17

Gyda'i dortsh yn un llaw, tynnodd D.I. John goler ei gôt yn uwch gyda'r llall a sadiodd ei hun yn erbyn y gwynt. Aeth i lawr drwy'r coed i gyfeiriad y plasty mawr. Gan fod radio'r car yn deilchion, gobeithiai fod ganddynt ffôn er mwyn iddo gysylltu â'r swyddfa. Cnociodd ar y drws mawr cadarn yn ddigon uchel i yrru'r ci i gyfarth ben pellaf y tŷ. Mewn llai na munud gwelodd olau gwan yn y porth. Clywodd rywun yn cydio mewn cadwyn. Agorodd y drws yn araf. Rhythai wyneb menyw yn ei phedwardegau nôl ato.

'Can I help you?' holodd yn amheus.

'Noswaith dda. *Detective Inspector* John ydy'r enw. Dwi wedi cael damwain car yn y goedwig. Ga i ddod i mewn i ddefnyddio eich ffôn, os gwelwch chi'n dda? Rwy i angen holi am gar arall i ddod i fy nôl i,' ychwanegodd gan ddangos ei fathodyn heddlu iddi.

Ymlaciodd hithau ar ôl gweld ei fathodyn a chlywed y Gymraeg. Agorodd y drws a'i wahodd i mewn.

'Dewch i mewn. Croeso i Lys Madryn. Dewch allan o'r tywydd mawr. Druan ohonoch chi, 'dach chi'n socian. Ydach chi wedi brifo?'

'Na dwi'n iawn, ond mae golwg y diawl ar y car.'

Rhyfeddodd D.I. John at y nenfwd uchel trawiadol a'r lluniau olew hynafol ar y muriau. Roedd croeso'r wraig bron mor gynnes â'r tanllwyth o dân coed yn y grât yng nghanol y neuadd fawr.

Yng ngolau'r neuadd gwelodd D.I. John wyneb y wraig yn glir am y tro cyntaf. Roedd iddi brydferthwch syml a llygaid llwyd trawiadol.

'Tynnwch eich côt a'ch siaced Insbector, mi rown ni nhw o flaen y tân i sychu,' dywedodd yn siriol wrth eu cymryd a'u hongian ar gefn cadeiriau o flaen y lle tân marmor gwyn.

Bob ochr i'r lle tân roedd silffoedd llyfrau yn estyn at y nenfwd ac o flaen un ohonynt roedd y ffôn wedi ei osod ar ddesg yn dwt.

'Dwi'n brysur ar ganol pobi a choginio. Maddeuwch i mi, ond gwnewch eich hun yn gartrefol a helpwch eich hun i'r ffôn. Ydach chi'n iawn i aros yn fan 'ma?'

'Dim problem yn y byd, a diolch ichi am eich cymorth. Ga'i ofyn eich enw enw chi?' Holodd D.I. John.

'Wrth gwrs – ac ymddiheuriadau am beidio â chyflwyno fy hun. Fy enw yw Gret.'

Pwyntiodd Gret at ddrws y gegin ym mhen arall y neuadd fawr. 'Mi fyddaf yn y gegin os byddwch chi eisiau rhywbeth.'

Ar ei ben ei hun edrychodd D.I. John o gwmpas ac i fyny'r grisiau crand mahogani a droellai tua'r llofftydd. Er mai fo'n unig oedd yn y neuadd fawr synhwyrai rywsut fod ganddo gwmni, fel petai rhywun yn ei wylio o'r cysgodion.

Rhythodd yn hir tua'r llofftydd uwchlaw. Na, doedd neb yno. Rhaid bod ei ddychymyg yn chwarae triciau arno.

*   *   *

'Mae'r car wedi chwalu, syr. Mi oedd 'na gymaint o fwd a baw ar y lôn achos y storm', adroddodd D.I. John wrth ei Bennaeth yn swyddfa'r heddlu yng Nghaergybi.

Collodd y Prif Gwnstabl Grace ei dymer. Nid dyma'r car heddlu cyntaf iddo'i chwalu. Gosododd D.I. John y ffôn i lawr yn ofalus ar y bwrdd o'i flaen a thanio sigarét. Doedd ganddo fawr o awydd gwrando ar Grace yn taranu.

Ar ôl sylwi bod llais ei bennaeth wedi tawelu ychydig, ailgydiodd yn y ffôn. 'Iawn, Syr. Mi fyddai'n fwy gofalus o hyn allan. Plîs fedrwch chi yrru car i fy nôl i?... Llys Madryn… Gwalchmai, Syr'. Yn ôl ei bennaeth byddai'n rhaid iddo aros awr neu ddwy cyn y dôi car arall i'w nôl. Rhyddhad mawr oedd clywed clic y ffôn ar ddiwedd yr alwad.

Codai niwlen o stêm o'r got a'r siaced a sychai o flaen y tân. Tarodd cloc rywle yn y tŷ ac o fewn eiliadau i'r cyntaf daeth côr o glychau, clociau mawr a bach yn taro ar draws ei gilydd gan darfu ar dawelwch y tŷ.

Ar y silff lyfrau o'i flaen gwelodd res o nofelau. Doedd D.I. John ddim yn un am ddarllen fel arfer, ond gan ei fod yn gorfod aros i rywun ddod yr holl ffordd i'w godi – 'pam lai' meddyliodd. Rhedodd ei fys ar hyd y teitlau. Yn eu mysg roedd *Plasau'r Brenin* gan Gwenallt a *Traed Mewn Cyffion* gan Kate Roberts. Tynnodd D.I. John gopi o *Death on the Nile* gan Agatha Christie o'r silff a darllen y broliant.

Cychwynnai'r nofel mewn bistro *ritzy* o'r enw *Chez Ma Tante* yn Llundain, lle mae Hercule Poirot yn cyfarfod gyda'r prif gymeriad hardd, Jacqueline de Bellefort. Tybed oedd yna fwyty chic o'r enw *Chez Ma Tante* yn Llundain go iawn meddyliodd wrth roi'r llyfr yn ôl ar y silff?

Sylwodd D.I. John ar ddau lyfr carpiog yr olwg mewn llawysgrifen. Tynnodd y llyfrau blêr oddi ar y silff a darllen eu cloriau: 'Llyfr Owen Humphreys' oedd teitl y mwyaf o'r ddau a 'Dyddiadur Mr Burberry' oedd ar glawr y llall.

Eisteddodd D.I. John mewn cadair freichiau gyffordus, agorodd ddyddiadur Mr Burberry a dechrau darllen.

Dyddiadur Mr Burberry

Gorwedd ar fy hyd yr oeddwn i pan ddeffrais mewn cwmwl o boen a thywyllwch. Tywyllwch, achos mod i'n methu agor fy llygaid. Yn gorwedd mewn carchar tywyll, fy nghorff yn swp o boen o fy nghorun i fy sawdl, fy nghroen yn llosgi'n gig amrwd a fy iwnifform yn garpiau.

Ar ôl lled agor un llygad, y peth cyntaf a welais oedd tapestri o waed ar y to. Fy ngwaed i oedd y mwyaf ffres yno. Fy ngwaed fflamgoch i ar ben llwyth o hen waed oedd wedi sychu'n goch tywyll ac yn frown. Gwaed y cleifion eraill a anafwyd oedd wedi gorwedd yn union yr un lle â mi. Patrymau o goch ar ben coch a edrychai fel tasa artist avant-garde chwil gaib wedi creu llun ffwrdd â hi drwy daflu paent browngoch rywsut rywsut ar gynfas. Mewn ambiwlans yr oeddwn i.

Aeth yr ambiwlans i mewn i dwll yn y lôn gan ein hysgwyd. Clywais leisiau'n ochneidio'n uchel. Roedd gen i gwmni. Llond ambiwlans o gyrff gwaedlyd fel carcasau mewn wagen gigydd yn plymio i mewn i dwll ar ôl twll yn y ffordd. Y tro hwn cael ysgytwad llawer mwy poenus. Teimlais boen yn saethu drwy fy nghorff. Daeth mwy o udo a chwyno gan y lleill.

Bob tro y trawai'r ambiwlans dwll codai droedfedd i'r awyr cyn disgyn i lawr ar yr olwynion rwber tenau. Roedd y gyrrwr yn mynd yn wyllt fel petai mewn ras. A dyna oedd hi. Ras i'n cael ni i'r ysbyty cyn i ni golli gormod o waed fel byddai cyfle i'n hachub. Dyna pam roedd o'n ein gyrru mor wyllt drwy uffern y tyllau yn y lôn ar siwrne anghyfforddus. Gwell oedd cyrraedd cyn gynted â phosibl tra byddai ambell un o'r cleifion yn fyw, yn hytrach na chymryd ei amser a chyrraedd gyda llond trol o gyrff.

O'r diwedd, daethom i ddarn esmwyth o'r ffordd a chael siwrne ychydig yn fwy cyfforddus. Eto, dim ond un llygad y gallwn ei agor. Ni allwn deimlo'r llall. Codais fy llaw i deimlo fy wyneb a chael sioc tu hwnt i fraw. Dim ond asgwrn pigog fy moch oedd ar ôl. Yn ystod y foment honno gwawriodd hi arnaf mod i'n agos at farw. Daliai'r gwaed i lifo o fy nghlwyfau a theimlwn fy nghorff yn gwanhau – munud wrth funud. Gallwn weld y golau'n pylu. Teimlais fy hun yn llithro'n dawel yn dianc rhag y boen oedd yn fy llethu.

Casualty Clearing Station *yn Villers-Guislain ychydig filltiroedd o'r* **front line**

Clywais rywun yn mwmian uwch fy mhen. Fel murmur ymgymerwr. Geiriau prudd na allwn eu dirnad. Y Caplan oedd yno yn dweud ei ychydig eiriau, ond boddwyd ei lais gan sŵn y gynnau yn taranu yn y pellter.

Tynnodd rhywun flanced dros fy wyneb yn frysiog a mynd nôl i dendio'r byw. Awgrymai'r gweithredoedd hyn fy mod wedi gadael fy mywyd meidrol – a doedd hynny'n fawr o syndod o ystyried y cyflwr truenus roeddwn ynddo.

Oeddwn i wedi marw a mynd i'r nefoedd? Clywais ddigon o sôn am y lle. 'Ei di byth i'r nefoedd …,' roeddwn yn cofio geiriau bygythiol fy Mam yn glir iawn wedi i mi wneud rhyw ddrygioni neu'i gilydd. Ai dyma lle'r oeddwn i, wedi marw ar y ddaear ac wedi deffro yn y nefoedd?

Roedd popeth yn dywyll o dan fy mlanced a dim sôn am fy nghyd-filwyr, er bod digon ohonynt wedi marw ym mwd a llaid Beaurevoir. Gollyngdod, meddyliais, gollyngdod o'r uffern hwnnw yn ôl ar y ddaear. A dweud y gwir, roedd y nefoedd yn teimlo'n hen le digon braf, a minnau'n gorwedd mewn gwely esmwyth yn nofio mewn niwl o bleser. Paradwys, fel y nefoedd y soniai'r Beibl amdano. Yna daeth fflach o atgof i mi. Y foment y daeth fy niwedd. Yr eiliad y daeth fy mywyd ar y ddaear i ben.

Cofiais redeg ar hyd y tir ac o gornel fy llygaid gwelais ffrwydriad ar fy ochr chwith. O ganol y ffrwydriad saethodd darn caled o fetel crasboeth a'm llorio fel doli glwt. Does gennyf ddim cof o syrthio, nac o weld y ddaear yn rhuthro i fyny i'm cyfarfod. Gorweddais yno, fy nhrwyn yn y pridd, a minnau'n ysgwyd o fy nghorun i'm sawdl. Unrhyw funud disgwyliwn ffrwydriad arall. Yn y foment honno roedd fy mhoen y tu hwnt i eiriau a gweddïais am fwledi neu ffrwydron i roi terfyn ar fy nioddefaint. Yna, aeth popeth yn ddu.

Oeddwn, roeddwn wedi ymuno â gweddill y meirw. Un enw arall i'w alw o'r sêt fawr ar y Sul yng Nghapel Jeriwsalem, Gwalchmai, un arall gâi fynd i'r distawrwydd mawr, un arall na châi gyfle i garu, priodi, na magu plant. Wrth orwedd yn llonyddwch fy nghyflwr newydd, clywais sgwrs nad oedd modd ei dilyn yn dod o enau pobl nad oedd modd eu gweld. Ar yr un pryd, cefais bwl o euogrwydd gan nad oeddwn i fod yno o gwbl. Yn ôl ar y ddaear onid oeddwn wedi cefnu ar Dduw ar ôl gwylio cymaint o filwyr yn syrthio a hwythau wedi gweddïo yn daer am gael eu harbed?

Llithrais i gwsg breuddwydiol. Yn y freuddwyd safwn yn blentyn wrth fedd. Syllwn i lawr ar yr arch. Gwyliais ddynion yn rhawio pridd i lenwi'r bedd. Arhosais heb symud o'r fan nes iddi dywyllu. Yna clywais lais tyner yn y gwyll.

'Mae'r holl deulu wedi bod yn chwilio amdanat ti. Mae hi'n hwyr. Rhaid i ni droi am adra.'

Arhosais yn fy unfan heb gael fy nhynnu.

'Mam. Os oes 'na Dduw, pam nath o adael i Dad farw?' holais.

Gwasgodd mam fy llaw yn dynn a theimlwn boen ei cholled yn y cryndod a aeth trwy fy nghorff y foment honno wrth iddi fy ateb:

'Mae Dad wedi mynd i'r nefoedd.'

Deffrais o'r freuddwyd. Rhwygodd poen ciaidd trwy fy nghorff fel crafanc trwy gnawd. Gwingais fel slywan a syrthiais allan o'r gwely yn dwmpath i'r llawr. Rhuthrodd criw o feddygon ataf a'm codi nôl i'r gwely, gwthiodd rhywun nodwydd i 'mraich a chwistrellu cyffur trwy fy ngwythiennau. Ar ôl i'r poen gilio daeth nyrs ataf.

'Welcome back to the land of the living. You've been hallucinating, it's the morphine.'

Am eiliad meddyliais ei bod hi'n gafael ynof yn gariadus,

rhwymau ceisiodd Harold Gillies guddio'r pryder ar ei wyneb gan ei fod yn wynebu sialens mor fawr.

Estynnodd ei gamera a thynnu lluniau o fy wyneb o bob ongl ac yna ymddiheuro'n fonheddig wrth wneud hynny. Eglurodd fod yn rhaid cadw cofnod manwl o'r holl weithgaredd am resymau meddygol ac o ran ymchwil. Safai meddyg arall wrth ei ochr yn gafael mewn clipfwrdd yn barod i gymryd nodiadau. Astudiodd Gillies fy wyneb am rai munudau cyn siarad. Mae'r hyn a ddywedodd wedyn yn archif Dr Gillies, a dyma fi'n dyfynnu o'i nodiadau air am air:

'Please make a note, for the patient's medical record. He has been given morphine constantly for months and may now be dependent on it. Due to the head trauma he is unable to speak fluently and has amnesia and only vague memories of his life before the injury. Hence he is called Mr Burberry as we do not know the patient's real name. I anticipate that the damage will cause long term amnesia. But he may regain his memory and speech in time.'

'Now. Looking at his head. He has a shell wound which penetrated the face, damaging the infra-orbital plate. He has a large depressed scar on his cheek. We need to take a fat graft measuring approximately 5 inches by 2 inches from the buttock to fix it with catgut.'

Wrth glywed y geiriau anesmwythais yn fy nghadair. Gwasgodd llaw Gillies fy ysgwydd yn dyner er mwyn fy nghysuro.

'We will fix you, my brave, gallant friend. You're in good hands.'

Syllodd Gillies ar weddillion fy wyneb cyn parhau.

'There is more damage. He must have been hit by two projectiles at once. The other wound was probably *ond estyn am fy ngarddwrn i gymryd fy mhyls yr oedd hi mewn gwirionedd. Wrth i mi ddod ataf fy hun, trodd fy nefoedd i fod yn ysbyty milwrol yn llawn cleifion a nyrsys yn rhuthro o'r naill glaf i'r llall.*

'What is your name? Your dog tags were missing?' holodd un nyrs yn flinedig.

Doedd gen i ddim clem. Ar wahân i ambell atgof niwlog o mhlentyndod a ddeuai fel fflach o dro i dro, doeddwn i'n cofio dim byd arall. 'Then we'll call you Mr Burberry. On account of the Burberry coat you were wearing when you came in.' Ychydig a wyddwn i ar y pryd bod y rhwymau am fy wyneb yn cuddio realiti newydd fy nghyflwr. Roedd y darn shrapnel a'm lloriodd wedi ei chwalu a'r morffin i leddfu'r poen oedd fy ffrind gorau yn ystod yr oriau tywyll hynny.

Ysbyty'r Frenhines yn Sidcup 1919

Methiant fu pob ymdrech i ddarganfod fy enw. Roedd fy hunaniaeth yn ddirgelwch!

Cludwyd fi nôl i Brydain ac i Ysbyty'r Frenhines yn Sidcup yng Nghaint – ysbyty'r llawfeddyg enwog, Harold Gillies o Seland Newydd. Dros gyfnod fy arhosiad yno daeth Mr Gillies a minnau'n ffrindiau da.

Dwi'n cofio'r tro cyntaf iddo fy asesu ar ôl i mi gyrraedd. Eisteddais yn dawel yn yr ystafell feddygol yn aros amdano. Daeth Mr Gillies i mewn a thynnu'r rhwymau oddi ar fy wyneb fel y gallai archwilio'r niwed yn fanwl am y tro cyntaf. O ganlyniad i'w ddewiniaeth a'i ddyfeisgarwch cafodd wynebau cannoedd o filwyr a ddioddefodd anafiadau erchyll eu trin yn llwyddiannus. Drwy gymryd croen ac asennau o weddill y corff, byddai'r llawfeddyg yn trwsio a chlytio nes creu wynebau newydd. Roedd dulliau Gillies yn arloesol, ond eto roedd angen rhywbeth digon tebyg i wyrth arnaf, gan fod angen ailadeiladu wyneb cyfan newydd. Ar ôl tynnu'r

*caused by a higher velocity projectile because the
mandible as well as the tissues overlying it have been
blown away, producing a large buccal fistula.'*

*Caeais fy llygaid gan wybod fod y niwed yn fawr ac anodd
oedd gwrando ar y dadansoddiad clinigol.*

*'Moving on. He has also lost the anterior portion of the
left antrum. We will need to make a dental appliance
for him. We will need to measure as appropriate.'*

*Trodd Gillies at ei gyd-weithiwr. 'There's a lot to do, many
operations, but we will fix him… We will fix you, but you're
going to be with us a while,' ychwanegodd unwaith eto a
nodio'n hyderus.*

*'A final thing my friend. I have a small gift for you. I like
to give all my patients one of these.' Aeth Gillies i gwpwrdd ac
estyn llyfr poced gyda chlawr caled iddo. 'It's a good idea to
keep a diary. Write down all your thoughts and memories as
they return. It will be good for your recovery, good for the soul.'*

*Rhoddodd y dyddiadur gwag yn fy llaw ac felly dyma fo –
dyddiadur Mr Burberry – y milwr coll!*

Ar ôl darllen y disgrifiad dirdynnol hwn cododd D.I. John ei
ben i gymryd hoe fach.

Roedd y tân yn mudlosgi erbyn hyn a'r fflamau'n isel.
Cododd brocer a phwnio'r tân gan yrru gwreichion i fyny'r
simne. Gosododd goed newydd ac eistedd nôl i wylio'r
fflamau'n cydio yn y coed. Edrychodd ar ei oriawr – prin
hanner awr oedd wedi mynd heibio ers iddo ffonio. Yna,
o gornel ei lygad daliodd rhywbeth ei sylw. Rhywbeth neu
rywun yn symud yn gyflym ym mhen pellaf y neuadd.
Rhythodd i'r gornel dywyll y tu hwnt i olau'r lampau a gweld
y llenni o flaen un o'r drysau mawr yn symud, fel petai
rhywun newydd fynd trwyddynt.

Syllodd D.I. John yn hir, ond doedd neb yno, roedd y

neuadd yn dawel fel y bedd. Yn ôl at y dyddiadur. Ffliciodd D.I. John drwy'r tudalennau nesaf yn sôn am y driniaeth yn yr ysbyty nes cyrraedd y pennawd:

Taith Feddygol Harold Gillies – 1920

Llundain oedd lleoliad cyntaf Harold Gillies ar ei daith feddygol o amgylch Prydain. Cyn dychwelyd i'w gartref roedd ganddo ddarlithoedd eraill wedi eu trefnu ym Mryste ac yng Nghaeredin. Er mwyn dangos ei sgiliau meddygol byddai Harold yn fy nghyflwyno i'r dorf.

Safai Harold Gillies o flaen ei gynulleidfa werthfawrogol. Dwi'n cofio edrych o nghwmpas – doedd yr un sedd wag yn y ddarlithfa fawr. Bellach, ac yntau yn enwog, byddai'n ddibris o'i lwyddiannau. Siaradai'n awdurdodol ond gyda hiwmor nodweddiadol a thinc o acen Seland Newydd yn ei lais, er ei fod wedi byw ym Mhrydain ers blynyddoedd. Roedd Gillies yn ddyn o flaen ei amser. Defnyddiodd y dulliau mwyaf arloesol a chymryd croen ac asennau o weddill y corff er mwyn trwsio a chlytio nes creu wynebau newydd.

Ar y bwrdd o'i flaen roedd pentwr o gopïau o'i lyfr Plastic Surgery of the Face. *Roedd y* British Medical Journal *a'r* New York Medical Journal *wedi ei ddisgrifio'n athrylith yn y maes. Ar ddiwedd ei ddarlith croesawai Gillies gwestiynau. Gofynnodd un dyn a oedd rhyw ddigwyddiad neu rhyw berson yn sefyll allan o blith yr holl filwyr y bu'n eu llawdrin.*

'*Yes. One does stand out. Because of the severity of his wounds, he was the biggest challenge of them all. To add to his woes he was suffering from amnesia and knew nothing of his past. His uniform and dog tags were destroyed on the field of battle. He was the lost soldier, a mystery man. It has been impossible to match his details to the names of any of the missing.*'

Aeth Gillies ymlaen i ddangos erchylltra fy anafiadau mewn ffotograffau – yna disgrifiodd y ffordd gelfydd y llwyddodd i ail-greu fy wyneb.

'This remarkable soldier is here today …'

Ar y gair, ac yn unol â'r drefn a gytunwyd gyda Mr Gillies, codwn a mynd ar y llwyfan a sefyll o flaen y dorf. Ochneidiai pawb yn unsain a chodai pawb o'u seddi gan glapio'n egnïol.

1921. Mawrth y cyntaf – y diwrnod y newidiodd popeth

Eistedd ar fy mhen fy hun mewn cadair foethus yn chwarae Solitaire yr oeddwn i pan gymrodd fy niwrnod dro annisgwyl.

Bu'n fore digon arferol yn yr ysbyty. Ar ôl brecwast roeddwn wedi gwneud fy ymarferion arferol. Ysgrifennu geiriau ar fwrdd du. Bob dydd yn ceisio gwneud synnwyr o'r holl atgofion a ddeuai nôl i mi mewn breuddwydion. Syniad Harold Gillies oedd yr ymarferion. Cofnodwn bopeth a gofiwn ar y bwrdd du. Rhestr o eiriau ac enwau o bob math. Roedd cylch o amgylch yr enw Gret gan mai dyna enw'r ferch a welwn yn fy mreuddwydion. Dychmygais un tro mewn breuddwyd fy mod yn clywed ei llais yn galw arnaf ar yr awel. Mewn breuddwyd arall gwelwn y ferch yn eistedd yng ngolau'r lleuad, yn gwenu ac yn fy ngwahodd ati, ond gwrthodai fy nghoesau â symud. Roeddwn wedi fy sodro i'r fan a nhraed yn drwm. Ymlusgais ar fy mhedwar gan gropian ati, ond po fwyaf yr ymdrechwn y pellaf yr âi hi oddi wrthyf nes diflannu'n llwyr fel gwlith y bore cyntaf.

Daeth Harold Gillies i edrych dros fy ysgwydd ar y gêm Solitaire.

'Stuck are you, Burberry?' holodd. You can move the King of Diamonds you know,' ychwanegodd wedyn yn hunanfodlon.

Mewn gwirionedd roeddwn wedi rhoi'r gorau i chwarae – syllais ar erthygl yn y Times a ddaliai Gillies yn ei law. Cipiais y papur oddi arno a'i osod ar y bwrdd.

'Hey, Burberry, steady on. I haven't read it myself yet.'

Pennawd y papur oedd 'The King visits Anglesey.'

Yn y llun safai'r Brenin wrth ymyl Lloyd George y tu allan i dafarn y Bull yn Llangefni.

Ar ôl gweld yr olygfa hon dechreuodd yr atgofion lifo nôl. Yn sydyn cofiais pwy oedd y Gret y breuddwydiwn amdani. Cofiais bob math o bethau. Gwyddwn i sicrwydd mai Owen Humphreys oedd fy enw.

Cofiais yr enw Ifor Innes. Ysgogodd ei enw deimlad negyddol ynof. Mewn fflach cofiais ei wyneb ac yna'r teimlad bod hwn wedi bod yn fwrn arnaf ar hyd fy mhlentyndod. Wastad yno, fel cysgod, a wastad yn pluo'i nyth ei hun. Mewn fflach roeddwn nôl mewn dosbarth ysgol. Ifor ar y naill ochr imi a bachgen a alwai ei hun yn Pitar ar y llall.

Daeth yr atgof hwnnw yn ôl yn glir. Pitar Jôs, ffrind pennaf a gafodd job fel postman Gwalchmai. Doeddwn i fawr o dro wedyn yn ei alw ar y ffôn. Fel hyn yr aeth hi:

'How may I direct your call, sir?' holodd y ferch yn y gyfnewidfa.

'Gwalchmai, Anglesey. The Post Office'

'Connecting you now.'

'Swyddfa Bost, Post Office.'

Roedd llais Pitar wedi twchu ychydig ond roeddwn yn ei adnabod yn syth.

'Sut wyt ti, Pitar, ers llawer dydd? Owen Humphreys sydd yma.'

'Owen Humphreys... Pa Owen Humphreys?'

'Owen, mab Llys Madryn.'

'Na, mae'r Owen yna wedi marw.'

'Na, Peter, mi allaf dy sicrhau di mod i'n dal yma.'

'Dwi ddim yn eich credu chi. Lladdwyd Owen yn y rhyfel. Pwy ydach chi go iawn?' holodd Pitar yn amheus.

'Pitar – Owen sy ma. Owen, dy ffrind o ysgol Gwalchmai.

Colli fy nghof nes i. Y War Office *yn gyrru llythyr yn dweud mod i wedi marw a finna'n dal yn fyw. Dwi wedi bod yn yr ysbyty ers y rhyfel. Dwi'n dy ffonio di achos mod i ar fy ffordd adra. Be ydy hanes pawb yn Llys Madryn? Beth am Gret?'*

Aeth y llinell yn dawel am ychydig wrth i Pitar hel ei feddyliau.

'Mae'n ddrwg gen i, Owen, ond newyddion drwg sydd gen i. Carcharwyd Gret ar ôl dwyn modrwy. Wn i ddim os y gwyddost ti, ond mi oedd hi'n feichiog ac mi gollodd hi'r babi'.

Suddodd fy nghalon i'r dyfnderoedd.

'Lle mae hi Pitar?'

'Mae hi allan o'r carchar erbyn hyn ac yn byw efo Miss Jones yr athrawes, ond mae hi'n isel iawn ei hysbryd. A pheth arall, brawd dy dad, dy ewythr Elfed, sydd wedi etifeddu Llys Madryn. Fo sydd yno rŵan.'

'Etifeddu? Sut ddiawl etifeddodd Elfed Llys Madryn?'

Tawelodd llais Pitar.

'Dy fam Owen. Bu farw dy fam yn fuan ar ôl derbyn y newyddion dy fod ti wedi cael dy ladd.'

O glywed y geiriau ces fy nharo'n fud.

Dychwelyd i Walchmai ac at Gret

Dim ond distawrwydd a safai rhyngom yng nghartref Bet Jones y bore hwnnw. Roedd Gret wedi cael cryn ysgytwad pan welodd yr olwg ar fy wyneb. Roedd ei llaw wedi neidio at ei cheg mewn ofn a'i llygaid wedi dyfrio'n syth. Darllenwn ei theimladau drwy'r symudiadau bychain. Y llygaid a dynnai'r emosiynau mwyaf. Gwelwn hiraeth a phoen yn ei llygaid llwyd wrth iddi syllu'n ôl. Edrychodd Gret arnaf a thynnu bys ar hyd fy nghreithiau.

'Be ma nhw wedi neud i dy wyneb di?' holodd, a'i llais yn crynu.

Prin ei bod hi'n fy adnabod. Roeddwn yn edrych yn ddyn

gwahanol i'r un a aeth ffwrdd i ymladd. Gafaelodd Gret yn fy llaw a'i wasgu yn erbyn ei boch yn dyner.

'Gorfod i mi fynd drwy uffern, Owen, a doeddet ti ddim yna.'

'Dwi'n gwybod Gret, ond dwi yma rŵan. Dwi'n ôl.' Gwenodd Gret yn wan. Roedd fy nghalon yn dal i guro fel gordd amdani. 'Dan ni efo'n gilydd eto, Gret. Dwi'n ôl o'r diwedd. Mi fedrwn ni drio eto, dim ond ni'n dau.'

'Ti'n siŵr? Ti ddim yn meddwl fod ein cyfnod gyda'n gilydd wedi'i golli, Owen?' tarodd ei geiriau fi fel taran.

Tynnais anadl hir. 'Na. Mi fyddwn ni'n iawn, Gret.'

'Fedrwn ni ddim disgwyl i bob dim fod yr un fath, Owen. 'Dan ni'n dau wedi colli cymaint.'

'Ond mae ganddon ni ein gilydd, 'yn does, Gret?' Edrychodd Gret i fyw fy llygaid. Gwelais y cariad a'r poen yn y llygaid llonydd llwydion.

'Ddôi di efo mi, Gret? I ddechrau eto? Dim ond ti dwi wedi'i garu erioed ...'

Llifodd y dagrau i lawr fy wyneb creithiog wrth i mi aros am ei hateb.

Yn nistawrwydd yr aros cofiais yr union foment y syrthiais mewn cariad gyda Gret y tro cyntaf erioed. Roeddwn i eisiau rhoi fy mreichiau amdani a'i chysuro, ei thynnu ataf yn dynn a dweud wrthi fod pob dim yn iawn.

Roedd hynny'n teimlo fel oes yn ôl erbyn hyn. Rhedodd Gret ei bys ar hyd fy wyneb creithiog yr eilwaith gan aros ar y pant bychan ar ganol fy ngên, yn union fel yr arferai wneud. Trwy niwl ei chrio ynganodd eiriau y clywais droeon cyn y rhyfel: 'Y darn yma dwi'n licio ora.'

Closiodd ataf. Cymerodd fy llaw a'i osod ar ei bron a rhoi cusan addfwyn ar fy nhalcen. Roedd y gusan ddieiriau yn siarad cyfrolau. 'Mi awn am Lys Madryn felly,' dywedodd yn gadarn fel petai hi wedi cael rhyw nerth newydd o rywle.

Hawlio Llys Madryn yn ôl

Gwaeddais yn ddigon uchel i yrru'r brain o ganghennau'r coed gerllaw.

'Dewch allan.'

Daeth Elfed allan o Lys Madryn fel taran i fy wynebu gyda gwn twelve bore yn ei law. Agorodd y gwn wrth gerdded tuag ataf, gwthiodd y cetrys i mewn yn frysiog a chau'r gwn yn glep. Wrth iddo nesáu, sylwais fod fy ewythr wedi heneiddio tipyn ers i mi ei weld cyn y rhyfel. Y tu ôl iddo cerddai Medwyn, ei fab ifanc yn llond ei groen. Edrychai Medwyn yn dipyn o lond llaw ac yn gryf fel ych. Cariai yntau ei wn fel dyn oedd yn ddigon parod i'w ddefnyddio. Edrychais dros ysgwydd y ddau. Roeddwn wedi gobeithio gweld Ifor Innes, er mwyn i mi gael dial arno am ei frad, ond doedd dim sôn amdano.

'Paid â phoeni, dwi'n dod!' gwaeddodd Elfed nôl arnaf.

O sylwi ar ei olwg penderfynol, gwyddwn nad oedd gan Elfed fwriad o ildio Llys Madryn i mi yn rhwydd. Sylwais fod ganddo hen wên fach slei yn chwarae ar ei wefusau, fel petai o'n edrych ymlaen at fy wynebu. Ar yr olwg gyntaf, roedd fy sefyllfa yn edrych yn un go fregus. Safwn ar fy mhen fy hun yn wynebu'r dynion arfog hyn yn llewys fy nghrys. Chwarddodd Elfed yn uchel ar ôl gweld yr anafiadau ar fy wyneb. 'Blydi hel, bwgan Llys Madryn – sbia ar ei wyneb o. Chwarddodd Medwyn fel ci bach ufudd yn dilyn llwybr ei berchennog.

'Paciwch eich bagiau. Cerwch o Lys Madryn a gwnewch hynny'n heddychlon.'

'Na. Pacia di dy fagia. Ni sy'n byw yma rŵan,' atebodd Medwyn gan sgwario.

'Peidiwch â dod yn nes. Dwi'n eich rhybuddio chi'ch dau,' meddwn.

Er gwaethaf fy rhybudd, dal i ddod ataf yn hyderus y gwnâi'r ddau. O'r golwg balch ar ei wyneb, doedd Elfed ddim yn gallu credu ei lwc – roeddwn wedi dod yno heb yr un arf *i'm hamddiffyn. Hawdd fyddai honni eu bod wedi fy saethu er mwyn amddiffyn eu hunain. Heb dystion, roeddwn wedi rhoi fy hun mewn tipyn o dwll. Daeth Elfed Humphreys yn ddigon agos fel y gallwn arogli'r tybaco stêl ar ei ddillad. Camgymeriad Elfed Humphreys a'i benci o fab oedd credu mod i'n ddigon gwirion i ddod yno ar fy mhen fy hun.*

Daeth tri 'P' Gwalchmai i achub fy ngham. O'r goedwig y tu ôl i mi cerddodd gwraig ganol oed a'i gŵr, Mr Richards y Pregethwr. Ef oedd yn cynrychioli'r 'P' gyntaf. Wedyn hanner dwsin o botsiars Gwalchmai yn eu dillad gwaith yn cynrychioli'r ail 'P'. Ac yn olaf, i fyny'r lôn daeth y porthmyn, wyth ohonynt, cynrychiolwyr y trydydd 'P'. Wedyn y tu ôl iddynt hwythau criw o famau lleol a dau neu dri o fechgyn yn eu harddegau a Bet Jones ac yna Gret. Hi oedd yr olaf. O'r caeau daeth hogia cyhyrog Fferm Tyddyn Isaf. Dyna a wynebai Elfed Humphreys a'i fab, Medwyn. Ymgasglodd hanner pobl Gwalchmai y tu ôl i mi a daeth Gret i sefyll wrth fy ymyl.

Serch hynny, gwrthod ildio ei wn wnaeth Elfed.

Cyn i mi adael cwmni Dr Gillies yn Sidcup, rhoddodd Dr Gillies bistol Webley Mark VI *yn anrheg ffarwél i mi. Roedd digon ohonyn nhw o gwmpas ar ddiwedd y Rhyfel. Symudais fy llaw dde yn gyflym tu ôl i'm cefn a thynnu'r gwn o gefn fy nhrowsus mewn llai nag eiliad. Pwyntiais y gwn yn syth at dalcen Elfed. Gwyddai'r ddau fod y symudiad yn gyfystyr â* check mate. *Unwaith y daeth y pistol grymus i'r golwg collodd y ddau y stumog am ffeit a buan y gadawsant i'w harfau syrthio i'r llawr.*

O ganol y bobl camodd Gret i'r blaen a dechreuodd waldio Elfed, un dwrn ar ôl y llall, yn ei wyneb. Trodd Elfed ei hun yn belen i'w amddiffyn ei hun, ei freichiau wedi'u lapio'n dynn am ei ben, ond chafodd hynny ddim mymryn o effaith ar Gret oherwydd daliai ati i'w guro. Ar ôl cael ei guro am dipyn felly, straffaglodd Elfed ar ei sefyll.

'Cerddwch i lawr y lôn yna a pheidiwch byth â meiddio dod nôl,' dywedais wrthynt.

Yn ymwybodol o'r anghyfiawnder a ddioddefodd Gret, gwthiodd pobl Gwalchmai y ddau i lawr y lôn yn ddiseremoni. Yn eu rhwystredigaeth, anelodd ambell un gic i'w cyfeiriad gan wneud iddynt faglu yn driphlith draphlith ar hyd y ffordd nes iddynt ddiflannu o'r golwg. Dyna sut y dychwelodd Llys Madryn yn eiddo i mi.

Marwolaeth Brenin y Potsiars

Aeth Gret a minnau i wagio ei hen gartref teuluol yn dilyn marwolaeth ei thad. Teimlai'n oer ac unig ymysg yr holl atgofion a lifai nôl. Roedd y gegin yn orlawn o atgofion, llawer ohonyn nhw wedi mynd yn angof gan Gret tan hynny. Fel ysbrydion, ymddangosai atgofion bob yn un o wahanol rannau'r tŷ, fel petai'r ffaith fod Gret wedi cefnu arnynt wedi eu deffro o ryw drwmgwsg i bledio arni, am y tro olaf, i beidio â mynd a'u gadael.

Ar y silff ben tân, wedi melynu, safai'r unig lun ohoni hi gyda'i rhieni. Tynnwyd y llun ar y diwrnod prin hwnnw pan oedd gan Edward, ei thad, arian yn ei boced. Dyn heb ddwy geiniog i'w enw, fel arfer, ond ar ôl cael noson lwyddiannus yn potsian ffesantod a chael pris da amdanynt, roedd ganddo bres i fynd â'r teulu bach yn eu dillad gorau i Langefni am ginio a ffotograff i gofio'r achlysur.

Ymddangosodd Eddy a Tom, hen gyfeillion ei thad wrth ddrws y tŷ yn eu cotiau angladdol a throi eu capiau'n swil o'u blaenau. Diolchodd Gret iddynt am gario'r arch yn yr angladd.

'Croeso Tad, Gret fach. 'Dan ni wedi dod yma i ofyn be sy'n digwydd i hen arfau Edward?'

Hen arfau Edward, chwedl y ddau, oedd ei offer potsian.

'Pa rai dach chi isho,' holodd Gret.

'Y bwa saeth,' atebodd Tom. Cyfeiriai Tom at fwa hir Edward, ei saethau unionsyth a blaen y saethau wedi eu mowldio'n grefftus o hen haearn caletaf Sbaen. Byddai gweddill y potsiars yn edmygu saethau Edward ac yn dyheu am gael perchen un.

'A chditha Eddy? Be w't ti ar ei ôl?'

'Y pistol. Os 'di hynny'n iawn, Gret.'

'Cymrwch y pistol ond mae'r bwa a saeth yn aros efo mi. Doedd clywed Gret yn dweud hynny'n synnu dim arna i. Roedd hi'n dipyn o saethwraig ei hun ac yn aml fe âi hi allan i hela. Gyda chlogyn amdani a bwa yn ei llaw âi Gret allan ar ambell noson ola leuad. Fel petai hi angen gwneud hynny i ddeffro rhywbeth y tu mewn iddi. Deffro'r wefr gyntefig o frwydro yn erbyn natur. Y wefr reddfol gynhenid honno oedd ynom ni i gyd ar un adeg, ond sydd wedi ei golli dros y cenedlaethau ers i ddynolryw ddofi'r creaduriaid a thalu'r cigydd am wneud y cyfan drosom.

Dwi'n cofio ei gwylio hi o bell yn dilyn sgwarnog, am awr. Yn sleifio drwy'r goedwig yn ysgafn droed ar ei hôl. Bob tro y codai'r sgwarnog i edrych, llonyddai Gret fel delw. Yna, ar ôl dod yn ddigon agos ati, codai'n araf a byddai'r saeth yn taro'r sgwarnog yn ddiarwybod.

'Mae gynnon ni un cwestiwn arall, am eich tad,' holodd y dynion ar ôl cymryd y pistol.

'Ia. Be dach chi isho wybod?'

'Beth oedd ei gyfrinach o Gret? Sut ga'th o get away efo hi?'

Bu gweddill Potsiars Gwalchmai o flaen eu gwell droeon, ond haeddai Edward Jones y teitl 'Brenin y Potsiars' oherwydd ei allu chwedlonol i osgoi'r ciperiaid. Gwyddai Gret yn iawn am gyfrinach ei thad, achos hi oedd y gyfrinach. Yn ystod ei phlentyndod llusgai Edward ei ferch fach allan ymhob tywydd er mwyn ei warchod rhag y cipar lleol.

Dringai Gret ganghennau'r coed uchel er mwyn cael yr

olygfa orau o'r ardal a gweld ymhell. Pan fyddai hi'n gweld rhywun yn nesáu, taflai Gret ei phen yn ôl a sgrechian. Nid sgrech merch fach, ond dynwaredai Gret sgrech annaearol y dylluan wen. Dyna sut y llwyddodd Gret i gadw ei thad yn ddiogel rhag y ciperiaid.

Noswyl y Nadolig ym mlwyddyn 1921

Mae Gret a minnau wedi ymgartrefu yn Llys Madryn bellach ac yn gynharach heno cawsom ymwelydd hollol annisgwyl. Gwneud pelenni o bapur i gychwyn tân yr oeddwn ac edmygu'r olygfa ar yr un pryd. Roedd golau ddydd yn dechrau pylu a thrwy'r ffenestr gwelwn blu eira'n syrthio'n araf a phwyllog i greu mantell wen. Dechreuodd y dwyreinwynt godi. Yn y pellter gwelwn y defaid yn pentyrru'n reddfol yng nghornel un o'r caeau mewn ymdrech i gadw mor gynnes â phosibl, yn un cwlwm gyda'i gilydd wrth baratoi am y storm. Roedd gen i gopi o'r Brython *yn fy llaw. Rhwygais y tudalennau a darllen ambell stori wrth wneud hynny. Rhythais ar wyneb Lloyd George a rhythai yntau nôl o'r dudalen. Gosod torch ar ddiwrnod y Cadoediad yn Llundain yr oedd y Prif Weinidog.*

Darllenais erthygl gan Kate Roberts yn adrodd hanes y pwysigion yn mynychu'r Cadoediad ac yn gofyn pa wersi a ddysgwyd o'r rhyfel. Yn sicr, gwnaeth rhai elw mawr o'r rhyfel yn ariannol. Yn y llun, sylwais ar geir moethus newydd a ddefnyddiwyd i gludo'r pwysigion i'r Senotaff y diwrnod hwnnw. Roedd y ceir hyn yn dyst o'r cyfoeth hwnnw. Yn yr erthygl disgrifiai Kate Roberts y distawrwydd iasol o flaen y Senotaff ar fore Sul y Cadoediad. Camai'r gwleidyddion ymlaen mewn cotiau duon, â golwg ddifrifol ar eu hwynebau, i osod torchau ac i sefyll mewn munud o dawelwch. Tybed beth oedd ar eu meddyliau yn ystod y funud honno? Oedd y gwleidyddion yn malio am y bechgyn a gollwyd ac a anafwyd mewn gwirionedd? I mi doedd y funud o dawelwch yn fawr o gymorth i weddwon a mamau y milwyr a gollwyd. Rhwygais weddill y Brython yn rhacs a chyn hir roedd tanllwyth o dân yn cynhesu'r ystafell.

Ydw, rwyf innau, fel y byd o'm cwmpas, wedi symud ymlaen. O ganlyniad i'r therapi a dderbyniais a chariad a gofal Gret, rwyf wedi dod ataf fy hun yn eithaf da, er mod i'n dal i osgoi edrych mewn drych rhag codi dychryn arnaf fi fy hun. Bu hi'n fendith cael Gret nôl. Wn i ddim beth faswn i wedi gwneud hebddi.

Wrth edrych allan drwy'r ffenestr, gwelwn fenyw yn straffaglu tuag at y tŷ drwy'r eira mawr ac yn cario rhywbeth yn ei breichiau. Doeddwn i methu'n lân â deall pwy fyddai'n mentro yn y fath dywydd.

Disgrifiodd Gret yr ymwelydd fel dyn eira gan ei bod yn wyn drosti. Aeth Gret i agor y drws iddi.

Yn y drws tynnodd y fenyw ei phenwisg a gwenu. Yn ei breichiau daliai merch fach. Roedd hi wedi cyrlio'n belen rhag yr oerfel a'i gwallt coch yn flêr ar draws ei hwyneb.

Rhoddodd Gret ei breichiau amdanynt yn dynn. 'Gwen,' dwedodd yn dyner sawl gwaith trwy ei dagrau.

A dyna'r foment y daeth Gwen i Lys Madryn gyda'r anrheg Nadolig orau erioed. Roedd hi wedi dod â'n merch fach yn ôl i ni ond gyda rhybudd fod rhaid ei chadw o'r golwg gan fod Gwen wedi torri'r gyfraith a chipio'r babi o grafangau'r awdurdodau.

Er i ni gael ein merch fach yn ôl doedd hynny ddim yn golygu maddeuant i Ifor Innes.

Wrth gwrs, roeddwn wedi ystyried dial, roeddwn hyd yn oed wedi breuddwydio am wneud hynny ac wedi hanner dychmygu gwneud hynny gefn dydd hefyd. Ond roedd Ifor Innes wedi diflannu oddi ar wyneb y ddaear a gwynt teg ar ei ôl o. Doedd neb wedi ei weld ers misoedd lawer ac roedd ei *ddiflaniad wedi digwydd yn fuan wedi hawlio Llys Madryn yn ôl.*

Heno, wrth i Gret a mi edrych allan ar y tywydd mawr gyda'n teulu yn gyflawn, penderfynais mai dyma fyddai fy nghofnod olaf yn nyddiadur Mr Burberry.

Y tu allan roedd yr eira'n disgyn o ddifri. Agorais fy mreichiau a gafael am Gret yn dynn. Pwysodd hithau yn ôl yn fy erbyn yn gariadus a buom ni'n dau yn magu ein merch fach a gwylio'r eira'n sythio'n drwch y tu allan. Yn ddiogel ym mreichiau ein gilydd roeddwn yn ddigon hapus i fwynhau'r wefr hudolus a aeth drwof y funud honno wrth wylio'r storm yn cau yn araf amdanom a ninnau'n ddiogel a chlyd yn ein cartref.

Pennod 18

Ar ôl dod i ddiwedd y dyddiadur, caeodd D.I. John ei lygaid a cheisio creu darlun yn ei feddwl o Gret, y fenyw addfwyn a rhoddodd y fath groeso iddo, yn curo a dyrnu Elfed Humphreys.

Ar ôl rhoi'r dyddiadur nôl ar y silff cerddodd D.I. John ychydig er mwyn llacio'i gyhyrau. Edrychodd ar wyneb y cloc. Un ar ddeg. Crwydrodd ei lygaid wrth iddo edmygu'r muriau derw a'r canhwyllyr grisial mawr a hongiai o'r to. Ar y wal gyferbyn roedd llun o Jacob Humphreys, y cyn-berchennog, yn rhythu nôl arno'n awdurdodol.

Wrth edmygu'r llun clywodd sŵn y tu ôl iddo. Trodd i weld traed noeth ar y carped coch o'i flaen. O fewn llathenni iddo safai merch ifanc dal a thlws yn gwisgo coban nos wen at ei phengliniau. Roedd hi oddeutu deunaw oed a chanddi wallt sinsir a chroen gwelw. Camodd tuag ato, a chymerodd yntau gam neu ddau ati hithau yr un pryd. Craffodd y ferch arno am funud a'i hwyneb ar dro fel petai hi'n astudio anifail prin. Gyda gwên fach siaradodd yn ddistaw.

'Noswaith dda', mentrodd y ferch yn serchus.

Edrychai D.I. John arni heb ddweud gair am funud, fel tasa fo wedi ei swyno ganddi. Chwiliodd am rywbeth i'w ddweud ond y cyfan y llwyddodd i'w wneud oedd syllu arni'n fud.

'Mair yw fy enw i,' cynigiodd y ferch ei llaw yn siriol.

Ysgydwodd D.I. John ei llaw yn freuddwydiol. Yn arferol gwasgai'n go galed, ond nid y tro hwn, gan fod llaw y ferch yn teimlo mor eiddil yn ei ddwrn.

'Pwy ydach chi?' holodd y ferch yn hanner chwerthin gan fod D.I. John wedi llyncu ei dafod.

Cyn iddo ei hateb trodd Mair oddi wrtho gan iddi glywed

drws yn agor. Daeth Gret i'r neuadd yn cario te a theisen a bron iddi ollwng y cyfan mewn sioc o weld y ddau gyda'i gilydd. Prysurodd Gret atynt gyda golwg anfodlon iawn ar ei hwyneb.

'Mae Mair, y forwyn, ar ei ffordd i'r gwely,' cyfarthodd.

Ochneidiodd y ferch yn drwm. 'Ia, gwely Mair,' ychwanegodd Gret yn swta, braidd, fel na phetai hi am i'r ddau sgwrsio o gwbl.

Ochenaid arall gan y ferch – un blin y tro hwn – ac yna trodd am y grisiau.

Gwyliodd D.I. John y ferch yn stompio mynd. Na, nid morwyn mo hon, meddyliodd. Yn gyntaf, roedd ei dwylo'n rhy feddal, ac yn ail doedd na'm golwg ddiymhongar morwyn arni. Na, roedd hi'n ymddwyn yn debycach i dylwythen deg anufudd. Efallai mae hon oedd y ferch fach y darllenodd amdani yn y dyddiadur – yr anrheg Nadolig orau erioed! Ond pa fusnes oedd hyn i D.I. John beth bynnag, dim ond yno i gysgodi rhag y storm yr oedd o wedi'r cyfan.

Daeth o hyd i'w dafod o'r diwedd. 'Noswaith dda, Mair,' meddai wrthi. Cipiodd hithau olwg dros ei hysgwydd a gwenu nôl.

'Mair... Gwely ...' ailadroddodd Gret gan nodio tuag at y llofftydd unwaith eto.

Gwyliodd D.I. John ei choesau siapus yn esgyn y grisiau. Dringai hithau, ei chluniau'n gwyro o'r naill ochr i'r llall gerbron y dyn dieithr, canol oed, golygus. Rhythodd Gret ar y ddau ohonynt, ei llygaid yn llawn anghymeradwyaeth.

Wedi i'r ferch ifanc fynd o'r golwg, edrychodd Gret ar D.I. John o'i sawdl i'w gorun. Teimlai yntau lygaid Gret yn cropian ar hyd ei wyneb ac i mewn i'w ymennydd fel petai am ddarllen ei feddwl. A phetai hi wedi, mi fyddai hi wedi cael cryn ysgytwad o sylweddoli yr hyn roedd D.I. John yn ei ddychmygu'r foment honno. Cododd D.I. John ei ysgwyddau yn ddi-hid. Na, doedd o heb wneud dim o'i le, a doedd yna ddim drygioni mewn dychmygu.

'Dewch i'r parlwr i gael te D.I. John. Mi gewch chi gyfarfod fy ngŵr, dewch â'ch siaced a'ch cot efo chi, maen nhw wedi sychu erbyn hyn,' dywedodd fel petai hi'n cynnig y baned yn faddeuant am ei gamfihafio.

Stopiodd Gret y tu allan i ddrws y parlwr a sibrwd.

'Tydan ni ddim yn gweld fisitors yn aml.'

Pennod 19

Yn y parlwr creai fflamau'r tân wawl gynnes ar y paneli pren. Eisteddai Owen Humphreys yn ei hoff gadair freichiau wrth y tân, ei feddwl yn gaeth i fil o atgofion. Aeth i'r gist fawr yng nghornel y parlwr. Dyma lle cadwai ei ddiodydd gorau. Dewisodd y botel wisgi *King George V* – potel ddrud o fragdy Port Ellen ar Ynys Islay. Arllwysodd wydraid yn ofalus. Daeth gwynt melfedaidd i'w ffroenau. Caeodd ei lygaid er mwyn gwerthfawrogi'r profiad unigryw o flasu gwirod cyfoethog yr Ynys – y ffrwyth, y mwg, a'r mawn.

Daeth Gret a D.I. John i mewn i'r ystafell. Y peth cyntaf i daro'r heddwas am Owen Humphreys oedd ei daldra anarferol. Yr ail beth oedd y wên fawr groesawgar a chynnes a ledai ar draws ei wyneb creithiog. Roedd D.I. John wedi gweld lluniau o ddynion gydag anafiadau tebyg mewn llyfrau am y rhyfel. Doedd gan y trueiniaid hyn ddim gobaith o ddianc rhag eu hatgofion. Pa obaith oedd gan y cnawd yn erbyn y darnau dur crasboeth a saethai o bob cyfeiriad atynt, a pha wyrthiau oedd eu hangen i ailgreu eu hwynebau? Dyma'r dynion dewr a gariai felltith y rhyfel ganddynt gydol eu hoes a'u gorfodi i gyfri'r gost bob tro yr edrychent yn y drych. Gwisgai Owen siaced o felfed gwyrdd. Wrth ysgwyd ei law, sylwodd D.I. John ar y cyfflincs trawiadol aur a cherrig *malachite* gwyrdd yn eu canol.

'Croeso cynnes i Lys Madryn, D.I. John. Fe soniodd Gret eich bod chi wedi cael damwain yn y goedwig. Dach chi'n iawn?' holodd Owen yn gynnes.

'Dwi'n iawn, ond mae'r car wedi chwalu'n yfflon.'

'Dim ond eich bod chi'n iawn. Dyna sy'n bwysig.'

Gosododd Gret y te a'r teisennau ar y bwrdd.

'Cymrwch deisen Insbector – merched glân sydd wedi bod wrthi'n coginio,' meddai Gret.

Roedd D.I. John wedi clywed y dywediad hwn fwy nag unwaith yng nghartrefi'r ardal. Ffordd o'ch sicrhau chi fod cogydd y bwyd yn cadw cegin lân. Llygadai D.I. John y botel wisgi grand ar y bwrdd yn awgrymog.

'Dach chi am un bach?' holodd Owen yn gyndyn, gyda'r pwyslais ar y 'bach' a dangos mesur pitw rhwng ei fys a'i fawd.

'Gan fod y botel ar agor, pam lai,' atebodd D.I. John.

'Potel ar agor myn yffarn i', meddyliodd Owen. Roedd yr heddwas yma'n dwyn ei ddiod orau, cyn hir mi fyddai o'n benthyg pyjamas ac yn gofyn am gael aros dros nos. Gwnaeth D.I. John ei hun yn gartrefol yn un o'r cadeiriau moethus. Rhegodd Owen Humphreys dan ei wynt wrth arllwys. Gan fod fawr o glem gan y plismon am ansawdd y ddiod hon byddai gwydraid o wisgi cyffredin wedi gwneud y tro yn iawn iddo.

'Dyma chi. Iechyd da.'

'I lawr y lôn goch!'

Gwyliodd Owen yr heddwas yn llowcio'r ddiod yn hytrach na'i mwynhau'n araf. Yna daliodd ei wydr allan fel petai'n disgwyl mwy. 'Diawl digywilydd', meddyliodd Owen wrth lenwi ei wydr am yr eildro.

Arllwysodd Gret baneidiau. 'Llaeth, D.I. John?'

'Ia plîs, a phedwar siwgwr.'

Rhawiodd Gret y siwgr i'r gwpan a'u cyfri wrth wneud. 'Pedwar siwgwr – blydi heddwas barus,' meddyliodd Owen heb ddweud gair o'i ben.

'Dwi wedi ffonio'r swyddfa. Mae 'na gar arall ar y ffordd, felly mi fyddan nhw yma i fy nôl i yn y man', ceisiodd D.I. John lenwi'r distawrwydd am eiliad neu ddwy.

Eglurodd Owen y byddai'n rhaid i'r heddweision ganu corn o'r lôn achos fod giatiau Llys Madryn ar glo.

'Dach chi'n gyfarwydd ag R. Williams Parry, Insbector?' holodd Owen yn chwilio am rywbeth i'w ddweud i lenwi'r tawelwch oedd wedi syrthio drostynt yn y parlwr.

'Nac'dw. Ond mae'r enw yn canu cloch. Pam dach chi'n holi?' gofynnodd D.I. John yn ceisio arddangos ychydig chwilfrydedd.

'Adeg yma'r flwyddyn, dwi'n cael fy atgoffa o un llinell anfarwol o gerddi'r Haf sy'n dweud y cyfan: 'Marw i fyw mae'r haf o hyd.'

'Yn hollol,' cytunodd D.I. John er nad oedd ganddo fawr o glem mewn gwirionedd.

'Dwi'n cymryd nad ydach chi'n nabod dim ar ei gefnder o, T.H. Parry-Williams chwaith?' holodd Owen.

'Nac'dw. Dwi'n gwbod dim am bobl felly'.

Annog Owen Humphreys yn fwy wnaeth anwybodaeth yr heddwas.

'Mi oedd T.H. Parry-Williams yn gwrthod mynd i ymladd dach chi'n gweld. 'Conshis' oeddan ni'n eu galw nhw! Ond edrychwch arno heddiw. Mewn swydd bwysig yn Aberystwyth. Na'th o ddim drwg i'w yrfa fo, naddo?'

Ceisiodd D.I. John feddwl am rywbeth i'w ddweud, ond yn ofer.

'Ydach chi'n ffarmio'r tir, Mr Humphreys?' holodd D.I John gan newid y pwnc.

'Fedrwch chi gadw cyfrinach, Insbector?'

Cododd Owen a mynd at gwpwrdd llyfrau yng nghornel yr ystafell. Gwisgodd sbectol a phori drwy'r silff. Casglodd hanner dwsin o gyfansoddiadau cerddorol o'r silff a'u gosod o flaen D.I. John.

'Dwi ddim yn ffarmio; dwi'n ysgrifennu miwsig o dan yr enw Peter Emmanuel. Asiant yn Llundain na'th awgrymu fy mod i'n defnyddio'r enw fel *stage name*. Dipyn mwy cofiadwy nag Owen Humphreys, dach chi'n cytuno?'

'Ydw, dwi'n gallu deall hynny. Dyna *showbiz* i chi! Felly mae'r rhain yn talu'n dda, ydyn nhw?'

'Dyna chi. *Royalties*. Maen nhw'n cael eu chwarae'n weddol aml. Ysgrifennais *musical* hefyd, *Molly does Broadway*.'

Cododd Owen gopi o *Molly does Broadway* a'i ddangos i'r heddwas.

'Mae hon yn dal i gael ei pherfformio ar Broadway ac yn y West End o dro i dro. Felly dyna'r ateb i'ch cwestiwn chi, Insbector. Dyna sut dwi'n talu'r biliau.'

'Pam dach chi wedi cadw hyn yn gyfrinach, Mr Humphreys?'

'Edrychwch ar fy wyneb, Insbector, dwi'n codi dychryn ar bawb. Dyn sydd wedi byw ei fywyd yn fa'ma fel meudwy, fel rhyw fath o Quasimodo. Ma'n well gen i aros yn ddienw – dwi ddim eisiau'r sylw.'

'Pwy arall sy'n byw yma? Oes ganddoch chi blant?' Roedd D.I. John yn awyddus i weld sut ymateb gai'r cwestiwn gan ei fod wedi darllen am blentyn yn cyrraedd Llys Madryn yn y dyddiadur yn gynharach.

Edrychodd Owen a Gret yn anesmwyth. Atebodd Gret.

'Cefais blentyn yn 1919. Bachgen. Ond cafodd ei eni'n farw – felly does gynnon ni ddim plant.'

Daeth hanes yr achos llys a charchar Holloway mewn un llif o eiriau, bron iawn fel cyffes, fel petai Gret yn falch o fedru bwrw ei bol.

'Mae hi'n anodd gorfod byw efo'r golled,' ychwanegodd Owen.

Dywedai ei flynyddoedd o brofiad fel plismon wrtho fod y ddau yma'n dweud celwyddau fel cŵn yn trotian. Penderfynodd D.I. John holi'r ddau am Mair y forwyn ifanc.

'Does gen i ddim hawl gofyn hyn', meddai, 'ond ro'n i'n meddwl… beth ydy hanes y forwyn?'

Syllodd Owen arno'n hir cyn ateb 'Pam dach chi'n gofyn Insbector?' holodd ychydig yn bigog.

'Dim ond holi. O ble yn yr ardal hon ma hi'n dod?' gofynnodd D.I. John.

Atebodd Owen a Gret yn unsain ac ar draws ei gilydd. 'Amlwch' ddaeth o enau Owen a 'Gaerwen' atebodd Gret. Wedi gwrth-ddweud ei gilydd mor flêr arllwysodd Gret wydriad o wisgi yn sigledig. Teimlodd Owen Humphreys ei hun yn cochi. Damia'r dyn yma, doedd dim affliw o hawl ganddo holi'r fath beth.

'Gyda phob parch Insbector, pam dach chi angen gwybod am y forwyn. Hogan fach leol ydy hi a dyna i gyd sydd 'na i wybod.'

Eisteddodd D.I. John yn ôl, taniodd sigarét a chodi ei ysgwyddau yn ddi-hid. 'Dim ond gofyn. Peth od a rhyfedd serch hynny nad ydych chi ddim yn gwybod o ble daeth eich unig forwyn?'

Rhegodd Owen wrth ei hunan. Blydi heddwas, melltithiodd. Synhwyrodd Gret fod Owen yn dechrau colli ei dymer. Felly trodd ato a'r botel wisgi yn ei llaw a chynnig rhagor iddo. Nodiodd Owen a llenwodd Gret ei wydr. Gwnaeth yr un peth i wydr D.I. John.

Diddorol, meddyliodd D.I. John yn rhythu arnynt am funud. Ond os oedd y ddau yma'n dweud rhyw gelwydd am y forwyn yna rhyngddyn nhw a'u pethau. Doedd ganddo ddim busnes darllen y dyddiadur personol mewn gwirionedd a doedd ganddo ddim hawl ymyrryd mwy arnynt.

Tarfwyd ar eu traws gan sŵn corn car yn y pellter. 'Reit. Dwi'n gallu clywed y *cavalry* yn y lôn,' meddai D.I. John gan godi.

Rhoddodd Gret oriad mawr yn ei law. 'Cymrwch hwn' meddai. 'Agorwch y giatiau ac yna clowch nhw ar eich ôl a rhowch y goriad yn y blwch post wrth y lôn'.

A chyda hynny fe ymadawodd D.I. John bron mor ddisymwth ag y cyrhaeddodd.

PENNOD 20

Cnoc, Cnoc, Cnoc ar y drws.

Dihunodd Sam Jones o'i drwmgwsg a chodi ar ei eistedd. Rhwbiodd ei ben. Pwy ddiawl oedd yn cnocio ar ei ddrws ar ei fore rhydd? Ei dwrn o oedd hi i gysgu mewn. Bore Mawrth oedd yr unig ddiwrnod o'r wythnos y câi Sam Jones lonydd. Bob diwrnod arall codai am bump i odro – ond ar fore Mawrth deuai ei frawd, Ieuan i wneud hynny drosto.

'Be?' gwaeddodd. Ond chafodd o ddim ateb. Dim ond mwy o gnocio …

Agorodd Sam ddrws ei ystafell wely ac oedi ar ben y grisiau i wrando. Swniai'r curo fel petai'n dod o lawr llawr.

'Helô. Helô,' galwodd rhywun. Llais diarth nad oedd Sam Jones yn ei adnabod. 'Blydi Jehofa Witness,' dywedodd dan ei wynt a cherddodd i lawr y grisiau yn gyflym, ei law'n gafael yn dynn yn y banister yr holl ffordd. Wrth droedio'r grisiau dywedodd Sam wrtho'i hun yn benderfynol, 'Mi ro i wat ffôr i'r bygars yma'.

Aeth at y drws a'i agor yn barod i roi llond pen. Gadawodd i'w lygaid orffwys ar y dyn diarth, difrifol yr olwg a safai yno.

'Mr Sam Jones?' holodd y dyn pen tywyll tal. 'Ella,' atebodd Sam.

Gwthiodd y dyn fathodyn i wyneb Sam. '*Police... D.I. John*'.

'Tewch â deud,' meddai Sam yn ceisio penderfynu pa ymwelydd oedd waethaf ganddo. Y Polis neu'r Jehofas.

Aeth D.I. John i'w boced, tynnodd sigarét a'i thanio. Cynigiodd un i Sam. Er nad oedd Sam wedi arfer smocio ar stepan ei ddrws yn ei ddillad isaf mi gymrodd un i gadw cwmni i'r heddwas. Taniodd D.I. John y sigaréts.

'Mae ganddon ni joban i chi.'

'Pa fath o job?' holodd Sam yn chwythu mwg i'r awyr.

'Job tynnu car allan o'r coed yn Llys Madryn. 'Dan ni'n cael ar ddallt gan y bobl leol fod ganddoch chi... andros o dractor mawr.'

* * *

I lawr y lôn trwy bentref Gwalchmai i gyfeiriad Llangefni aeth y tractor mawr â llond dwrn o hogia ysgol yn rhedeg ar ei ôl – rheiny wedi gwirioni efo'r tractor mawr, lliwgar, gyda'i olwynion melyn a'i gorff trawiadol gwyrdd. I goroni'r cyfan roedd corn simdde ar drwyn y tractor a chwythai gymylau o fwg mawr du i'r awyr bob hyn a hyn.

Arafodd Sam Jones er mwyn rhoi cyfle i'r ddau fachgen mwyaf brwdfrydig ddringo ar y tractor. Dau fachgen oddeutu deg oed â gwalltiau cyt powlan gron am eu pennau. I ffwrdd â nhw wedyn ar hyd y lôn bost. 'Dwi'n licio tractors,' gwaeddodd y bachgen cyntaf gan afael yn dynn a gweiddi ar dop ei lais yn llawn cynnwrf.

Hyrddiodd y tractor ymlaen a thynnu gwaedd werthfawrogol oddi wrth y bechgyn. Rhythodd y ddau ar ei gilydd a chipio golwg nôl at weddill eu ffrindiau yn cenfigennu yn y pellter. Ar ôl stopio yn Llys Madryn neidiodd y bechgyn i lawr a mynd i ddringo'r coed cyfagos.

'Yn y coed mae'r car,' pwyntiodd D.I. John at y goedwig. Doedd dim angen dweud mwy gan fod olion teiars yn arwain tua'r goedwig dywyll.

Wedi cyrraedd y car gwelodd D.I. John fod ei drwyn wedi plymio i'r pridd meddal ar waelod y goeden fawr. Gosododd Sam raff am du ôl y car ac yna neidiodd i'r sedd a thanio'r injan. Safai D.I. John yn gwylio'r tractor yn dechrau cymryd straen y rhaff. Llithrodd yr olwynion mawr melyn a throi yn eu hunfan gan yrru mwd i bob cyfeiriad gan gynnwys y man lle safai'r heddwas.

Chwarddodd Sam yn uchel ar ôl gweld D.I. John yn rhedeg o'r ffordd yn gyflym. 'Hogia'r dre,' meddyliodd, heb arfer efo peiriannau amaethyddol a chael mwd ar eu dillad. Troellodd yr olwynion eto, y tro hwn symudodd y car rhyw fymryn. 'Iawn tynnwch,' gwaeddodd D.I. John i'w annog. Ar y trydydd cynnig daeth y car allan o'r pridd. Cododd D.I. John ei fawd. Llusgodd Sam y car yn ddiseremoni allan o'r twll.

Stopiodd Sam am funud gan iddo weld rhywbeth yn y pridd. Rhythodd i lawr i'r twll o sedd ei dractor. Asgwrn rhyw anifail meddyliodd. Ci defaid efallai. Er ei fod yn amaethwr, gyrrai garcasau anifeiliaid gryndod iasoer drwyddo bob tro.

'Dach chi wedi chwalu bedd rhyw anifail efo'ch car,' gwaeddodd Sam gan bwyntio at yr esgyrn yn y pridd. Slamiodd Sam ei droed i lawr ar y sbardun a thynnu'r car i gyfeiriad y lôn.

Ar ôl gwylio'r tractor yn tynnu'r car at y lôn closiodd D.I. John at yr esgyrn. Yn y pridd llaith wrth droed y dderwen, lle bu olwynion ei gar, roedd swp o esgyrn ac yn eu canol, roedd penglog dynol yn syllu nôl ato.

PENNOD 21

Tynnodd D.I. John yn hir ar ei sigarét a phendroni uwchben y gweddillion dynol wrth ei draed. Roedd o wedi gweld nifer yn ei amser a phob tro y deuai ar draws penglog câi ei atgoffa o un peth: meidroldeb dyn. Dyna olygai'r benglog i D.I. John a doedd dim dianc rhagddo. Penglog pwy oedd hwn meddyliodd? Duw a ŵyr. Y peth arall a olygai'r benglog i D.I. John oedd gwaith papur. Gwaith papur a gwaith plismona yn mynd o ddrws i ddrws yn holi pobl yr ardal. Cipiodd olwg sydyn o'i gwmpas. Ar wahân i Sam yn eistedd ar ben ei dractor yn y pellter roedd o ar ei ben ei hun bach yn y goedwig dawel.

Ailgladdu'r sgerbwd fyddai orau. Gwthio'r pridd nôl a cherdded i ffwrdd a gadael iddo bydru. Na, doedd o ddim am reportio'i ddarganfyddiad a gwneud y peth yn swyddogol. Edrychodd ar yr esgyrn llwydion yn y pridd a chofiodd am eiriau Owen Humphreys yn y dyddiadur yn Llys Madryn.

'*Wrth gwrs, roeddwn wedi ystyried dial, roeddwn hyd yn oed wedi breuddwydio am wneud hynny*.'

Os gweddillion y bradwr Ifor Innes oedd yma doedd o ddim yn haeddu bedd go iawn na charreg goffa. Ia, dyna oedd ora. Claddu'r cyfan cyn i neb arall weld y sgerbwd.

'Be di hwnna?' daeth llais o unman.

Llais plentyn. Cododd D.I. John ei ben yn sydyn i edrych. Gwelodd y ddau fachgen lleol oedd ar gefn y tractor gynnau fach yn rhythu ar y sgerbwd.

'Sgelington,' gwaeddodd un o'r bechgyn yn llawn cyffro a braw. Syllai'r ddau ar y sgerbwd ac yna ar ei gilydd cyn rhedeg i ffwrdd yn sgrechian.

'Dam,' ebychodd D.I. John gan roi ei law ar ei dalcen yn

anghrediniol. Edrychodd ar gefnau'r ddau yn diflannu i'r coed. 'Dam, dam, dam,' ailadroddodd gan edrych i lawr ar y 'sgelington' – chwedl y bechgyn.

Cyn hir byddai hanes y sgerbwd yn y goedwig yn lledu drwy'r ardal fel chwedl. Na, doedd dim dewis ganddo. Rhaid oedd gwneud pob dim yn swyddogol, rŵan. Roedd o angen ffonio'r swyddfa i riportio'r darganfyddiad a hynny ar fyrder. Dechreuodd gerdded drwy'r coed i gyfeiriad Llys Madryn.

Pennod 22

Agorodd Mair, morwyn Llys Madryn y drws bron mor llydan â'r wên fawr groesawgar a ledai ar hyd ei hwyneb.

'Dewch i mewn Insbector, gysgoch chi'n iawn?'

Gwisgai Mair *tea dress* ddu gyda phatrwm pili-pala mawr gwyn trawiadol drosti.

'Do, Tad. Dim ond galw i ofyn os ga i ddefnyddio'r ffôn oeddwn i?' dwedodd D.I. John.

Mewn chwinciad roedd Gret yno yn sbecian dros ei hysgwydd.

'Diolch Mair – mi gymra i drosodd rŵan. Ma 'na ddigon o jobsys gen ti i'w gwneud o gwmpas y tŷ. Dewch Insbector, dewch i mewn. Mae croeso i chi ddefnyddio'r ffôn'.

'Iawn,' atebodd Mair yn swta gan rolio ei llygaid tua'r to. 'Morwyn myn uffar i', meddyliodd D.I. John wrth wylio'r ferch yn symud yn osgeiddig tua'r gegin.

'Dwi newydd fod yn tynnu'r car o'r goedwig ...' hysbysodd D.I. John wrth sychu'r mwd o waelod ei esgidiau yn y mat wrth droed y drws.

'Ar ôl i chi orffen ar y ffôn, dewch i'r parlwr. Mae Owen a minnau am gael paned,' dywedodd Gret a'i adael i wneud ei alwad yng nghornel y neuadd.

Reportiodd D.I. John y darganfyddiad a dywedodd y diwti sarjant yn swyddfa'r heddlu Caergybi fod car yn yr ardal ac y byddent yno o fewn munudau. Ar ôl gorffen yr alwad aeth D.I. John i'r parlwr.

'Dwi ddim am banad,' meddai'n gwrtais yn nrws y parlwr. Tynnodd Gret wyneb syn.

'O?' dwedodd hithau heb dynnu ei llygaid o'r tebot yn ei llaw. O ble daeth y ffurfioldeb yma'n sydyn meddyliodd

Gret. Neithiwr roedd D.I. John wedi gyrru drwy'r bwyd a'r diod yn eiddgar fel gwas o flaen swper cynhaeaf.

'Twt lol. Tynnwch eich côt Insbector,' meddai Gret gan estyn ei llaw.

'Na, wna i ddim aros'.

'Steddwch be sy arna chi?' ychwanegodd Owen yn groesawgar a thynnu cadair fodfedd yn nes.

'Na, wna i ddim aros,' ailadroddodd D.I. John ychydig yn fwy pendant y tro hwn.

'Ydy'r goedwig yn rhan o dir Llys Madryn?'

'Siŵr iawn. Ma' hi'n rhan o dir Llys Madryn ers y cychwyn. Coedwig hynafol sy'n dyddio nôl ganrifoedd.'

Tybiai D.I. John iddo glywed ychydig o anesmwythyd yn ei lais wrth sôn am y goedwig.

'Wyddoch chi a oes hanes unrhyw *missing persons* yn yr ardal... rhywun wedi diflannu heb eglurhad?' holodd.

'Na. Pam dach chi'n gofyn?' gofynnodd Owen.

'Achos fy mod i newydd ddarganfod sgerbwd yn y goedwig.'

Gwyliodd D.I. John ymateb y ddau fel barcud. Syllodd Owen yn geg agored ar Gret. Cododd hithau ei hysgwyddau yn ddi-hid a chynnig chwip o eglurhad wrth arllwys mwy o de.

'Wedi chwalu hen fedd dach chi, Insbector. Rhywun ers talwm – cyn ein hamsar ni.'

'Ia. Mae Gret yn iawn,' ategodd Owen. 'Hen fedd o oes arall mae'n siŵr.'

Tawelwch am funud.

'Ia, ella bo chi'n iawn,' dwedodd D.I. John.

Nodiodd Owen fel petai'r mater wedi ei setlo.

'Ond yn anffodus mae'n rhaid i ni drin yr achos fel un amheus.'

'Pam hynny?' holodd Gret.

'Dyna drefn petha. Tan i ni gael yr *all clear*, bydd rhaid trin y goedwig fel *crime scene* swyddogol.'

'Rargian fawr!' meddai Owen.

'Tan hynny mi fyddwn i'n gadael un plisman i warchod y goedwig ddydd a nos, dach chi'n deall, Mr Humphreys?'

Nodiodd Owen mewn tawelwch.

'Os oes ganddoch chi unrhyw syniad pwy all y person yma fod – rŵan 'di'r amser i ddweud?' awgrymodd ychydig yn llai ffurfiol er mwyn eu hannog.

'Dim syniad,' atebodd Gret ac Owen bron yn unsain ac ychydig yn rhy gyflym wrth fodd D.I. John.

Arhosodd y ditectif yn dawel a gadael i'r distawrwydd wneud ei waith. Defnyddiai dawelwch yn dacteg fwriadol yn aml wrth holi. Mewn distawrwydd lletchwith cofiai rhai ambell fanylyn bach. Nid cyffesiad ond rhyw ddarn bach defnyddiol o wybodaeth. Ofer fu'r aros y tro hwn a bu'n rhaid i D.I. John dorri ar ei dawelwch ei hun. Tynnodd ei lyfr nodiadau o'i boced.

'Fedrwch chi restru'r holl bobl sydd wedi byw neu weithio yma dros y blynyddoedd?'

'Flynyddoedd yn ôl bu Gruffudd y fforman a Nansi'r forwyn yn byw yma, ond ma nhw wedi ymddeol i ardaloedd eraill erbyn hyn. Mae Elfed Humphreys a'i wraig mewn oedran ond yn fyw – gwaetha'r modd!' ychwanegodd Owen yn swta.

'Beth am weision neu forwynion eraill sydd wedi gweithio yma,' holodd D.I. John gan wybod yn iawn ei fod wedi gweld enw Ifor Innes yn y dyddiadur.

Owen atebodd: 'John Prydderch – mae o'n byw yng Ngwalchmai. Ac Ifor Innes. Mi adawodd yntau ardal Gwalchmai yn fuan ar ôl i mi ddod nôl o'r rhyfel. Wn i ddim ble aeth o wedyn.'

Sylwodd D.I. John ar y dinc ddilornus yn ei lais wrth enwi Ifor Innes.

'Does neb wedi gweld na chlywed gan Ifor ers blynyddoedd,' ychwanegodd Gret.

'Oes ganddoch chi lun o Ifor?' holodd D.I. John.

'Bosib iawn.' Aeth Gret i nôl albwm lluniau o'r cwpwrdd gerllaw.

Ar y drydedd dudalen roedd llun Ifor Innes yn cymryd hoe adeg y cynhaeaf gwair ac yn pwyso ar ei bicfforch.

'Dyma fo. Gewch chi gadw'r llun yma os dach chi isho,' ychwanegodd Gret yn ddi-lol, fel petai hi'n falch o weld ei gefn.

Ar ôl rhoi'r llun ym mhoced ei gôt prysurodd D.I. John at ddrws y tŷ gyda Gret yn ei hebrwng. Wrth adael cofiodd am y giatiau oedd bob amser ar glo. Mwstrodd D.I. John wên fach. 'Mi fydd yn rhaid i chi adael y giatiau yn agored... tra byddwn ni'n cynnal yr archwiliad, fel bod modd i ni fynd a dod yn ôl yr angen.'

* * *

Yn swyddfa'r Heddlu yng Nghaergybi eisteddai P.C. Hunter a P.C. Clegg o flaen D.I. John.

'Reit, dyma'r sefyllfa hyd yma.'

Piniodd D.I. John y ffotograff o Ifor Innes ar y bwrdd pren. 'Wyddon ni ddim gweddillion pwy sydd yn y coed, ond mae'r dyn yma'n un o'r posibiliadau. Mae angen i chi'ch dau, P.C. Hunter a P.C. Clegg, fynd o ddrws i ddrws yn yr ardal yn holi. Gall y peth lleiaf brofi'n allweddol. Yn y manylion bach ma cael atebion. Dwi'n credu bod rhywun yn rhywle yn cadw cyfrinach. Holwch bobl yr ardal am Lys Madryn. Holwch deulu a ffrindiau Ifor Innes. Oedd gan Ifor elynion? Casglwch gymaint o ffeithiau â phosib. Unrhyw gwestiynau?'

Daeth y Prif Gwnstabl Grace i'r golwg.

'Pryd dach chi am ddod â pherchnogion Llys Madryn i mewn i'w holi *under caution*?' holodd Grace.

Atebodd D.I. John yn hyderus. 'Dim angen eto, Syr. Dim tan bod gennym ni dystiolaeth fod na drosedd. '

'Pwyswch arnyn nhw'n galed D.I. John. Gwasgwch arnyn nhw.'

'Iawn, ond mae angen pwyll hefyd, Syr. Rhaid i ni fod yn amyneddgar. Da ni am eu gwylio nhw fel barcud, mae na blisman eisoes yn gwarchod y lle rownd y cloc.'

Edrychodd Grace ar y cloc mawr ar y wal. Roedd yn rhaid iddo fynd gan ei fod wedi trefnu gweld newyddiadurwr lleol i'w ddiweddaru am yr achos.

'Rhaid i mi fynd i gyfarfod y *press*. Yn y cyfamser, cariwch ymlaen. Tyllwch i mewn i'w gorffennol nhw. Cerwch am eu gyddfau nhw D.I. John.'

Pennod 23

Yn siop lyfrau Hatchards of Piccadilly, roedd *Secrets from a Shallow Grave*, cyfrol yr anthropolegydd fforensig, Ray Morgan yn gwerthu'n dda. Wrthi'n crynhoi ar ddiwedd ei araith wrth lawnsio'r gyfrol o flaen y gynulleidfa frwd yr oedd yr awdur.

'A skeleton provides clues to the identity of its former self and an in-depth examination can reveal a detailed picture of how the victim died.'

Dyn barfog yn tynnu am ei drigain oed oedd Ray, er nad oedd yn ddyn mawr iawn o gorff, roedd ei bersonoliaeth yn mynnu sylw. Siaradai'n hyderus ac yn awdurdodol o flaen ei gynulleidfa:

'So to conclude, I wrote this book as an essential guide to solving historic crimes. These are the murderers who think they have got away with it, but in my book there is no such thing as a perfect crime. Even the most careful killer leaves a clue with the victim he has buried, and my job is to find that elusive clue. Thank you for listening and for coming here today.'

Ar ôl derbyn cymeradwyaeth y gynulleidfa eisteddodd gan ddal Parker Pen aur yn ei law dde yn barod i arwyddo copïau o'r gyfrol. Wrth ei ochr roedd pentyrrau taclus o'r llyfr wedi'u gosod yn barod i gael eu prynu gan ddwylo eiddgar.

Er mai Chiswick oedd ei gartref bellach, roedd Ray yn dod yn wreiddiol o Flaenau Ffestiniog. Gwyddai o'r cychwyn y byddai'n rhaid iddo ymsefydlu yn Llundain os oedd am lwyddo yn ei faes. Roedd mwy o alw am ei wasanaethau fel patholegydd fforensig yn y ddinas fawr beth bynnag. Ar y bwrdd o'i flaen gosododd y ddwy garden lwc dda. Roedd un gan ei ffrind, Petra, cariad o fath – er nad oedd Ray wedi ei galw hi'n hynny erioed. Ffrind sbesial – dyna'r pellaf roedd yn fodlon dweud amdani gan fod Ray yn ddihareb o ran ei berthynas â'r hil fenywaidd – doedd fawr o glem ganddo sut i ymddwyn. Y gwir amdani oedd bod Ray yn hapusach o lawer ym myd y meirw na'r byw.

Roedd y cerdyn arall gan ei hen ffrind, y Prif Gwnstabl Grace o Gaergybi. Er nad oedd Grace yn gallu mynychu'r lansiad roedd yn awyddus i gefnogi ei hen ffrind. Magwyd y ddau yn y Blaenau – ffrindiau ysgol – a ffrindiau o bell erbyn hyn. Aeth Grace i blismona a Ray i fyd gwyddoniaeth. Mewn gwirionedd, Grace oedd yr unig un o'r Blaenau y cadwai Ray gysylltiad â fo erbyn hyn.

Safai cyhoeddwr y llyfr y tu ôl i Ray yn fodlon ei fyd ac yn gwneud fawr ddim heblaw gwenu. Yn ei gyfrol *Secrets from a Shallow Grave* disgrifiai Ray y broses wyddonol o'i chychwyn i'w diwedd. Yn y rhagair eglurai mai ei gas beth oedd cyrraedd lleoliad a darganfod fod rhywun wedi bod yn ymyrryd â'r dystiolaeth. Gallasai'r peth lleiaf brofi'n allweddol. Nid yn unig y cyhoedd oedd ar fai am hyn, weithiau byddai heddweision yn chwalu tystiolaeth yn ddamweiniol.

Wrth i Ray arwyddo'r llyfrau daeth Derek, perchennog siop lyfrau Hatchards, at y bwrdd a golwg boenus ar ei wyneb. Ymddiheurodd am dorri ar eu traws.

'Sorry, Mr Morgan. There is a man on the phone who wants to speak with you. Chief Constable Grace from Anglesey, he says it's urgent. '

Roedd llais Grace yn gynnes a phwyllog ar ben arall y ffôn. 'Sut mae'r lansiad yn mynd, gyfaill?'

'Llwyddiannus, diolch i'r drefn, a diolch am dy gerdyn. Braf clywed gen ti.'

'Ia. Ymddiheuriadau am dorri ar draws, ond rhwbath

sy wedi codi. Rydan ni wedi dod o hyd i benglog a sgerbwd dynol mewn ardal anghysbell yn Sir Fôn – ar fy mhatsh i. Dwi ddim yn siŵr os dan ni'n sôn am drosedd neu farwolaeth naturiol. A does gennym ni ddim yr arbenigedd yn lleol... felly fi oedd yn meddwl ...'

'Ti isho i mi ddod i fyny i Sir Fôn?' gofynnodd, gyda brwdfrydedd amlwg yn ei lais.

'Ia, dyna oedd gen i mewn golwg. *Identification and cause of death...* dyna 'dan ni ar ei ôl.'

'Wrth gwrs. Hapus i helpu.'

'Iawn, Ray. Os byddi di angen lifft o'r stesion gall D.I John dy nôl di. Fo sy'n arwain ar ran yr heddlu a fo wnaeth y darganfyddiad.'

'Perffaith. Un peth arall – gwna'n siŵr nad oes neb yn cyffwrdd y lleoliad cyn i mi gyrraedd? Gall y cliw lleiaf brofi'n hollbwysig.'

Roedd sylw Ray wedi creu darlun ym mhen Grace. Gwyddai pawb yn y ffors am ddulliau anghonfensiynol D.I. John. Dychmygai D.I. John yn codi'r benglog a gyrru'r esgyrn cefn i bob cyfeiriad fel gleiniau'n syrthio o linyn mwclis.

'Iawn, Ray. Mi wnaf yn siŵr ein bod ni'n gwarchod y lleoliad a'r dystiolaeth. Siwrne saff iti i'r Gogledd. '

Pennod 24

Safai D.I. John ar y platfform yn aros am Ray Morgan. Gwisgai'n smartiach nag arfer gan fod y Prif Gwnstabl Grace wedi ei rybuddio bod angen gwneud argraff dda. Rhywbeth saff – tei ddu, crys wedi ei smwddio, am unwaith, a dros ei siwt lwyd gwisgai gôt ddu ffurfiol, 'côt gladdu' dyna y galwai D.I. John y gôt, gan mai i angladdau y gwisgai hi fel arfer.

Roedd y sgerbwd yn y goedwig wedi creu cynnwrf mawr yn yr ardal. Casglodd haid o newyddiadurwyr lleol wrth ddrws yr orsaf yng Nghaergybi i holi am fwy o wybodaeth. Er bod y darganfyddiad yn gyfrinachol, roedd y Prif Gwnstabl wedi bwydo'r stori i'r wasg yn hollol fwriadol – roedd Grace yn gwybod sut i odro cyhoeddusrwydd.

Daeth chwiban y trên. Aeth D.I. John at y cerbydau dosbarth cyntaf i gyfarch Ray Morgan. Disgrifiai'r Prif Gwnstabl Grace ei hen gyfaill fel 'dyn byr sy'n gwthio ei frest allan o'i flaen fel brenin bach,' ond doedd neb felly wedi gadael y trên. Cerddodd y giard ar hyd y platfform yn cau'r drysau'n glep er mwyn paratoi'r trên ar gyfer ei thaith yn ôl i Lundain. Edrychodd y ditectif ar ei oriawr rhag ofn ei fod wedi gwneud camgymeriad. Na, dyma'r trên cywir, doedd dim amheuaeth.

Roedd ar fin gadael pan welodd symudiad ar y trên. Dyn mewn dici-bo yn symud yn gyflym o'r cerbyd ail ddosbarth i'r cerbyd dosbarth cyntaf. Dyma fo heb os, meddyliodd D.I. John. Llusgai Ray Morgan fag trwm y tu ôl iddo wrth straffaglu o'r trên i'r platfform. Roedd golwg newydd ddeffro arno. Safai ar y platfform am ychydig eiliadau gan geisio dod ato'i hun a thynnu ei wallt *'comb over'* dros ei gorun moel. Roedd hi'n amlwg i D.I. John fod y dyn hwn wedi teithio ar docyn cyffredin ac wedi rhuthro i'r cerbydau dosbarth cyntaf er mwyn ymddangos fel petai'n ddyn digon pwysig a chefnog i fforddio tocyn dosbarth cyntaf.

O bell edrychai Ray yn ddyn trwsiadus ond o glosio ato roedd y stori'n un tra gwahanol. Gwisgai siaced draddodiadol Harris Tweed, oedd wedi gweld dyddiau llawer gwell, a hen drowsus siwt oedd wedi mynd i sgleinio. Daeth D.I. John i'r casgliad mai dyn sengl oedd Ray gan na fyddai gwraig gwerth ei halen wedi caniatáu iddo deithio yn gyhoeddus â'r fath olwg arno. Er bod gan Ray obsesiwn am ei bwysigrwydd a'i statws gwisgai ddillad a wnâi iddo ymddangos fel bwgan brain mewn cae rwdins.

* * *

Ar ôl parcio ym muarth Llys Madryn aeth D.I. John a Ray Morgan i gyfeiriad y goedwig. Dros ei ysgwydd cipiodd D.I. John olwg yn ôl tua'r Llys a gweld Owen Humphreys yn y ffenest.

'Y perchennog, dwi'n cymryd?' holodd Morgan ar ôl sylwi arno'n gwylio.

'Ia. Owen Humphreys. Dyn digon clên ydy o, a bod yn onest. Cyn-filwr. '

'Ci tawel sy'n cnoi,' meddai Morgan dan gerdded yn gyflym fel soldiwr gyda'i fag lledr brown yn ei law. Yn y goedwig o'u cwmpas roedd nifer o heddweision wrthi'n mynd drwy'r ardal gyda chrib mân.

Croesawyd y ddau gan gwnstabl blinedig yr olwg o'r enw Ellis Jones – un o heddweision Llangefni.

'Ray Morgan, *Forensic Pathologist*,' cyflwynodd Morgan ei hun heb stopio i gyfarch y cwnstabl. Edrychai'r plismon ychydig yn siomedig nad oedd y ddau ymwelydd am stopio i gael sgwrs.

Ar ôl cyrraedd ardal yr ysgerbwd, stopiodd Morgan

a thynnu *overalls* gwyn allan o'i fag. Ar ôl eu gwisgo edrychai'n dra gwahanol. Roedd y dyn mewn dillad bwgan brain wedi'i drawsnewid yn wyddonydd hollwybodus.

Agorodd D.I. John ei flwch sigaréts a thanio *Navy Cut*.

'Dim ysmygu. Peidiwch â llygru'r crime scene,' meddai Morgan yn sych. Daliodd fag allan er mwyn i D.I. John roi'r sigarét ynddo. Ufuddhaodd D.I. John. Gwasgodd y sigarét ar wadn ei esgid a'i ollwng i'r bag.

'Dwi'n gobeithio nad oes neb wedi cyffwrdd â'r lleoliad,' meddai Morgan wrth estyn i'w fag am fwy o declynnau.

'Naddo, wrth gwrs. 'Dan ni wedi gwarchod y goedwig yn ofalus.' Nodiodd D.I. John at yr heddweision o'u cwmpas.

Ar ôl gwisgo sbectol aeth Ray at y dderwen fawr yng nghanol y goedwig. Tynnodd gamera o'i fag. Dilynodd D.I. John ychydig gamau y tu ôl iddo. Daethant at y gweddillion – penglog, asennau a nifer o esgyrn eraill.

Dechreuodd Morgan dynnu lluniau.

'Mae'n bwysig cymryd cofnod o'r lleoliad'.

Er mwyn rhoi llonydd i Ray Morgan aeth D.I. John am dro. Roedd y goedwig yn edrych yn wahanol yng ngolau dydd. Cerddodd ar hyd y llwybr a droellai heibio'r goeden dderwen ac i lawr at lyn bychan. Ar lan y llyn safai caban pysgotwr. Roedd canghennau coeden eiddew wedi llyncu'r caban a'i orchuddio mewn mantell o ddail. Gwthiodd D.I. John ddrws y caban yn agored a chamu i mewn. Daeth arogl llaith i'w ffroenau a hongiai nifer o ganghennau o'r to. Tynnodd y canghennau eiddew a'u lluchio o'r neilltu. Roedd casgliad o wialennod pysgota yn llawn gwe pry cop yn y gornel. Yng nghornel y cwt gwelai fwa a saethau hirion. Dyma'r arfau y bu sôn amdanynt yn y dyddiadur a ddarllenodd D.I. John yn Llys Madryn. Yn ôl eu golwg, yn llawn llwch, doedd neb wedi eu cyffwrdd ers blynyddoedd. Edrychai ffenest fach allan dros y llyn. Lle da i ddianc, meddyliodd, i gael ysbrydoliaeth ym mhrydferthwch llonydd yr olygfa o'i flaen a lle da i ddod i guddio hefyd.

Clywodd D.I. John waedd o'r goedwig. Yn y pellter gwelodd un o'r heddweision yn codi ei law fel petai'n galw am gymorth. Roedd Ray Morgan yno fel bollt. Erbyn i D.I. John gyrraedd roedd Ray yn astudio rhywbeth yn y pridd.

'A! Y *femur*,' meddai Ray Morgan yn awdurdodol. Roedd yr asgwrn yn y pridd dros hanner canllath o'r man y darganfuwyd y sgerbwd. 'Mae'n rhaid bod llwynog wedi ei gario yma,' ychwanegodd, gan roi'r asgwrn mewn bag.

'Beth yw eich argraffiadau cychwynnol am y sgerbwd?' holodd D.I. John.

Tawelwch am rai eiliadau. Doedd Morgan ddim yn ddyn i'w ruthro.

'Gweddillion oedolyn sydd yma. Mae'r dillad a'r cnawd wedi pydru'n llwyr. Mae'r gweddillion wedi bod yn y ddaear ers blynyddoedd... ac oherwydd dirywiad yr esgyrn yn y pridd llaith mae hi'n amhosib dweud faint.'

Ar ôl cymryd cyfres o luniau camodd Ray Morgan ychydig lathenni i ffwrdd o'r sgerbwd.

'Mae angen archwiliad llawer manylach. Felly dwi angen symud y sgerbwd yn ofalus i'r *mortuary* lleol.'

Symudodd Ray yr esgyrn a'u gosod mewn blwch pren yn ofalus. Os mai gweddillion Ifor Innes oedd yma, roedd o wedi cael ei haeddiant, meddyliai D.I. John. Yn dawel bach gobeithiai mai gweddillion Ifor oedd yn y coed. Petai'n cael ei ffordd – cicio'r cyfan nôl i'r twll ac anghofio pob dim am y diawl fyddai orau. Doedd ganddo fawr o gydymdeimlad efo dyn oedd wedi chwalu bywyd merch ifanc efo'i gelwydd hunanol. Ond, gwyddai mae dyn canlyniadau oedd ei bennaeth. Doedd na ddim lle i emosiwn na moesoli. Heddwas unllygeidiog oedd Grace. Dyn a gredai mewn un peth yn unig – hyrwyddo ei yrfa ef ei hun.

Pennod 25

Yn swyddfa'r heddlu yng Nghaergybi gofynnodd D.I. John i'r Sarjant chwilio am ffeil swyddogol yr achos lle cafwyd Gret Jones yn euog. Goleuodd wyneb y Sarjant fel petai'n gyfarwydd iawn â'r achos.

'*The Crown versus Margaret Jones.* Dwi'n cofio'r achos yn iawn. Llys Biwmares ar ôl y rhyfel. Anghyfiawnder mawr'.

'Be arall dach chi'n wybod am Owen Humphreys a Gret?' holodd D.I. John.

'Dim llawar. Yn ôl fy nghefndar, sy'n bostmon yn yr ardal, mae'r ddau yn byw fel meudwyaid tu ôl y giatiau mawr na'.

'Dim ond y ddau dach chi'n ddweud Sarjant? Felly does na ddim morwynion yn Llys Madryn?'

'Na. Dwi ddim yn credu. Dwi'n siŵr y basa fy nghefnder wedi sôn. Dim ond y ddau ohonyn nhw sydd yna, a chi sy'n dod at y giatiau i gyfarth ambell dro.'

Rhythodd D.I. John yn syn ar y Sarjant.

'Pam dach chi'n holi? Ydach chi wedi gweld rhywun arall yno?' holodd y Sarjant ar ôl gweld ei ymateb.

'Naddo, neb,' atebodd D.I. John.

'Jyst y ffeil, os gwelwch yn dda Sarjant?' ychwanegodd ar ôl penderfynu cadw'n dawel am y ferch. Pa fusnes oedd hi i'r heddlu beth bynnag, roedd Mair yn edrych yn ddigon hapus ei byd.

O fewn yr awr roedd y Sarjant yn ôl o'r archif leol.

'Mi oeddech chi'n dal yn ych clytia adeg yr achos yma, dwi'n siŵr. Dwi'n iawn, Insbector?' gwawdiodd y Sarjant wrth ollwng y ffeil drom ar y ddesg o'i flaen.

Arni roedd y geiriau canlynol:

Quarter Sessions – Beaumaris
The Crown versus Margaret Jones.

'Dydy'r papurau hyn heb weld golau dydd ers i mi eu ffeilio nhw,' meddai'r Sarjant.

Tynnodd D.I. John ar y llinynnau hir coch, agor y ffeil a chododd arogl hen bapur i'w ffroenau. O'i boced tynnodd bensil a darn papur a chofnodi ambell ffaith wrth ddarllen.

Daeth cwmwl o dristwch drosto wrth ddarllen dedfryd y llys.

'Margaret Jones was found guilty of theft. The court found that she did unlawfully steal a valuable ring belonging to the late Mrs Humphreys of Llys Madryn, Gwalchmai and was sentenced to two years imprisonment. The sentence to be carried out at His Majesty's Prison Holloway.'

*　　*　　*

Galwodd D.I. John gyfarfod er mwyn clywed pa hwyl oedd y ddau gwnstabl wedi'u cael wrth holi trigolion Gwalchmai. Porodd P.C. Hunter yn ei lyfr nodiadau nes dod o hyd i gofnod ei sgwrs gydag un wraig o Walchmai.

'Syr. Mae Jean Jones, gwraig leol, yn cofio yfflon o ffrae rhwng Gret Jones, Llys Madryn, ac Ifor Innes ar y stryd fawr, ychydig ddyddiau cyn iddo ddiflannu.'

'Holoch chi pam fod y ddau yn dadlau P.C. Hunter?'

'Dim dadlau ond ffeit go iawn, Syr. Ifor a Gret yn dyrnu ei gilydd yn wirion.'

Doedd D.I. John ddim wedi gweld y Prif Gwnstabl Grace yn dod i sefyll y tu cefn iddo.

'Oes yna unrhyw ddatblygiadau?'

Edrychai Grace fel dyn ar frys. Ar ôl yr holl heip o gwmpas y darganfyddiad roedd y newyddiadurwyr lleol eisiau clywed mwy am y sgerbwd yn y coed.

Adroddodd D.I. John hanes yr achos llys ym Miwmares a'r ffaith fod tystiolaeth Ifor Innes wedi golygu carchar i Gret.

Chwibanodd y Prif Gwnstabl yn uchel a hir ar ôl deall.

'Dyna gymhelliad i ddial os glywais i un erioed. Owen Humphreys yw'r *number one suspect* i mi. Cariwch ymlaen gyda'ch adroddiad P.C. Hunter.'

Trodd P.C. Hunter at y dudalen nesaf yn ei lyfr nodiadau.

'Un arall lleol sydd wedi gweithio yn Llys Madryn ydy John Prydderch, ond mae o i ffwrdd ar ei wyliau ac yn dod yn ôl heddiw.'

'Dwi'n awyddus i holi John Prydderch fy hun. Mi alwaf i heibio iddo yn nes ymlaen,' meddai D.I. John.

'Oes yna fwy o wybodaeth, P.C. Hunter?' holodd Grace.

'Mae yna un peth bach arall. Wn i dim pa werth sydd iddo ...' atebodd Hunter ychydig yn ansicr.

'Cariwch mlaen, P.C. Hunter, beth ydach chi wedi'i glywed? Y pethau bach sy'n profi bwysicaf weithiau,' mynnodd Grace.

'Wel, soniodd dau o drigolion Gwalchmai eu bod wedi pasio'r giatiau mawr fin nos a gweld ysbryd. Merch ifanc mewn coban wen yn cerdded y gerddi'.

Chwarddodd y Prif Gwnstabl. 'Mymbo blydi jymbo! Blydi hel, P.C. Hunter. D.I. John, welsoch chi unrhyw ysbrydion yn Llys Madryn?'

Gwenodd D.I. John, 'Naddo. Ond mi welais dylwythen deg'.

'Doniol iawn, D.I. John. Cerwch nôl i blismona, y tri ohonoch chi!' gwaeddodd Grace wrth ymadael.

Pennod 26

Ar ei ffordd adref aeth D.I. John i bentref Gwalchmai er mwyn gweld John Prydderch, y dyn a arferai weithio yn Llys Madryn.

'Dewch i mewn allan o'r tywydd mawr, Insbector. Mi wna i baned i chi,' cynigiodd John Prydderch yn y drws. Roedd o mewn hwyliau da ar ôl ei wyliau. 'Dwi newydd ddod nôl o drip o gwmpas *Scotland*, Insbector. Fe gefais i wyliau braf efo teulu fy merch. Nhw oedd wedi penderfynu rhoi *treat* bach i mi. Dwi'n ymddiheuro am y llanast yn y tŷ.'

Er iddo ymddiheuro am gyflwr y tŷ, edrychai'n daclusach na chartref D.I. John ar ei orau. Eisteddodd yn nhawelwch parchus yr ystafell i aros am baned. Parlwr ffurfiol yr olwg – lle i roi'r fisitors. Y cyfan oedd ynddi oedd dwy gadair freichiau, cloc a silff daclus o lyfrau. Er bod John Prydderch yn y gegin, cariai ei lais drwy'r tŷ dwy lofft yn hawdd.

'Sori mod i braidd yn araf heddiw, Insbector, ond yn anffodus gorfod i mi eistedd mewn trên am oriau. Dach chi erioed wedi dioddef o'r *piles*, Insbector?'

Doedd D.I. John ddim wedi bwriadu chwerthin mor uchel.

'Pardwn?' holodd John Prydderch, yn sefyll o'i flaen gyda phaned yn ei law.

'Dim byd, Mr Prydderch. Dwi'n gobeithio y byddwch chi'n well yn fuan,' atebodd yn barchus.

Gwelodd lun mewn ffrâm aur a'i godi, llun o ferch wenog yn graddio, gyda chlogyn prifysgol amdani.

'Pwy sydd wedi graddio?'

'Fy wyres, Siân,' meddai'n falch gan gymryd y llun yn ôl ganddo.

'Braf iawn... fel y soniais ar y ffôn, dwi wedi dod yma i drafod eich cyfnod yn Llys Madryn.'

'Siŵr iawn. Sgerbwd Ifor Innes sydd yn y goedwig?' sibrydodd John Prydderch gan glosio at D.I. John fel petai am glywed cyfrinach.

'Dan ni ddim yn gwybod yn bendant eto. Pa mor dda oeddech chi'n nabod Ifor?'

'Cyd-weithwyr oedden ni... gweision yn Llys Madryn... hen gena gwirion. Diogyn, yfwr mawr a merchetwr. Sut buodd o farw, Insbector? Cael ei saethu, glywais i.'

'Dydan ni ddim yn gallu cadarnhau gweddillion pwy ydyn nhw na'r ffordd y buo fo farw chwaith.'

'Ia. Dyna glywais i. Mae pawb yn y pentref wedi bod yn sôn. Wel, wel. Dach chi wedi arestio Owen Humphreys eto? Fo na'th... yn siŵr i chi!'

'Pam dach chi'n dweud hynny, Mr Prydderch?'

'Dial arno... ar ôl be na'th o i Gret yn y llys. Cofiwch fod Owen yn sowldiwr ac wedi lladd llu o Jyrmans. Basa fo fawr o dro yn difa Ifor Innes.'

'Fel roeddwn i'n dweud, does na ddim byd yn bendant. Does dim prawf mai dyna ddigwyddodd,' ailadroddodd D.I. John yn gadarn.

Pennod 27

Aeth Owen Humphreys i'r gist fawr yng nghornel y parlwr ac estyn brandi. Ar ôl wisgi dyma oedd ei hoff ddiod ac roedd angen y cyffur arno heddiw ar ôl clywed am y cyhoeddiad. Ar y radio y diwrnod hwnnw roedd y darganfyddiad yn Llys Madryn ar y newyddion. Apeliodd yr heddlu am unrhyw wybodaeth gan ddweud fod 'rhaid datrys troseddau difrifol – er gwaethaf yr amser sydd wedi pasio.'

Clywodd sŵn car yn nesáu at y tŷ. Aeth at y llenni a sbecian. D.I. John oedd yno. Diawlodd Owen y ffaith fod y giatiau bellach yn agored ddydd a nos. Er nad oedd yr ymweliad yn gwbl annisgwyl, doedd gan Owen fawr o awydd ei groesawu.

Ymddiheurodd D.I. John am alw mor hwyr y nos.

'Mi oeddwn i ar fy ffordd i'r gwely. Dwi wedi blino, Insbector,' edrychodd Owen ar y cloc mawr wrth y drws ffrynt a gwnâi'n siŵr fod D.I. John yn sylwi ei fod yn gwneud.

'Wna i ddim eich cadw chi'n rhy hir, Mr Humphreys. Dim ond un neu ddau o gwestiynau sydd gen i.'

Roedd Owen yn falch bod yr heddwas yn fodlon ei holi ar stepen y drws yn hytrach na mynnu dod i mewn.

'Mi oeddwn i'n cymryd yn ganiataol nad galwad gymdeithasol oedd hi, Insbector. Pa newyddion sydd yna am y sgerbwd?'

'Mae'r pennaeth yn licio creu drama – rhyngof fi a chi does na ddim byd wedi cael ei brofi eto, Mr Humphreys.'

'Dwi'n gweld. Sut galla i'ch helpu chi felly, Insbector?'

'Dwi newydd fod yn cyfweld John Prydderch, yr hen was. Dach chi heb gyfarfod ers y diwrnod y gadawodd o Lys Madryn?'

'Naddo, yn anffodus. Mi oedd o'n flin cacwn efo mi, ond

doedd gen i ddim dewis. Roedd arian mor brin dach chi'n gweld. Piti mawr, achos fuo John Prydderch yn was ffyddlon i ni yma, cofiwch. Mi oedd hi'n golled ar ei ôl o.'

Aeth Owen i'w boced a thynnu baco a phapurau *roll your own* ohono. 'Dwi'n cael ambell smôc ar y slei. Mi ddechreuais yn y ffosydd adeg rhyfel. Mi oedd pawb yn smocio radeg honno.'

'Siŵr iawn,' meddai D.I. John gan estyn am sigarét o'i flwch ei hun.

'Pam dach chi'n cloi giatiau Llys Madryn? Ydy'r giatiau wedi bod ar glo fyth ers yr amser y diflanodd Ifor Innes? Oes yna gysylltiad rhwng y giatiau clo a diflaniad Ifor Innes?'

Roedd gan Owen ateb parod. 'Oes. Mae na gysylltiad. Daeth Sylvia, mam Ifor Innes, yma'n feddw dwll. Daeth hi yma sawl gwaith i ddweud y gwir. Fy nghyhuddo fi o ladd Ifor oedd hi bob tro – wylo a sgrechian o flaen y tŷ yn ei diod.'

'Swnio fel tipyn o ddrama,' cynigiodd D.I. John.

'Oedd, mi oedd hi'n ddrama. Mi ypsetiodd Gret yn ofnadwy ac felly rhoddais glo ar y giatiau i'w chadw hi allan.'

'Digon teg' dywedodd D.I. John. 'Diolch am eich amser heno'.

'Nos da, D.I. John,' atebodd Owen a chau drws Llys Madryn am y nos.

Pennod 28

Trannoeth, roedd Owen Humphreys ar ei ben ei hun yn llonyddwch yr ystafell. O dan y lle tân o farmor gwyn cleciai'r fflamau wrth ledu drwy'r coed. Eisteddai yn ei hoff gadair yn y parlwr lle hongiai'r lluniau mawr olew oddi ar y paneli derw. Doedd olion ac atgof erchyllterau'r rhyfel fyth ymhell, ond heddiw roedd ei feddwl yn gaeth wrth rywbeth arall. Y sgerbwd yn y coed oedd ar ei feddwl, ond yn fwy na hynny dyfalai Owen ynglŷn â gweddillion pwy oedd yn gorwedd yno. Er na allai fod yn hollol siŵr, ym mêr ei esgyrn, fe wyddai Owen pwy oedd yno.

Ifor Innes, yr hen ffrind ysgol. Y gwas diog a'r yfwr mawr. Y dyn roedd Owen wedi ymddiried ynddo i gadw cyfrinach a'r dyn wnaeth wrthod estyn ei law i achub Gret. Ia, gweddillion Ifor Innes oedd yno, ond pwy laddodd o a'i gladdu yno – dyna'r unig gwestiwn a chwaraeai ar ei feddwl.

Y peth arall a boenai Owen oedd fod giatiau Llys Madryn yn agored. Ar agor am y tro cyntaf ers amser maith. Teimlai fod y byd yn cnocio ar ei ddrws ac yntau wedi trin y tŷ a'r tir o'i gwmpas yn ddihangfa a chuddfan rhagddo. O'r parlwr gwyliai Owen y glaw yn disgyn ar y lawnt o flaen y tŷ. Roedd yr haf wedi cilio a disgynnai'r dail o'r coed hynafol a chreu carped gwlyb ar y gwair. Gwyliai Mair yn straffaglu i gribo'r dail oddi ar y lawnt yn y gwynt.

Yn y gegin roedd Gret yn dal y pecyn halen yn ei llaw ac yn methu'n lan â chofio a oedd hi wedi rhoi peth yn y toes eisoes. Roedd ei meddwl wedi mynd ar grwydr.

Wedi crwydro at y sgerbwd yn y coed, er mai gweld y peth o gyfeiriad tra gwahanol yr oedd Gret. Yn wahanol iawn i Owen doedd dim rhaid iddi hi ddyfalu pwy oedd wedi ei gladdu yn y goedwig. Gwyddai hi'n iawn eiddo pwy oedd y sgerbwd a oedd yn llechu yno.

Cofiodd y noson yn glir. Roedd hi'n hela sgwarnogod ar gyrion coedwig Llys Madryn. Yng ngwawl olaf y machlud cododd sgwarnog ar ei thraed ôl a sefyll fel petai'n offrwm yn y golau gwan. Tynnodd Gret linyn ei bwa nerthol yn araf ac anelu.

Cyn iddi danio'i saeth clywodd sŵn o rywle. Llais dyn meddw. Cana'r dyn ar dop ei lais yn ddigon uchel i ddychryn y sgwarnog a'i gyrru fel taran am y llwyni. Roedd ganddi gwmni – neb llai na'r bradwr, Ifor Innes – yn simsanu ei ffordd feddw tuag ati. Tynnodd Gret linyn ei bwa at ei gên ac anelu ato. Dyma ysglyfaeth dipyn mwy diddorol na'r sgwarnog, meddylia. Pwyllodd am eiliad, fel petai'n pwyso a mesur.

Onid mwrdwr fyddai hyn? Ac eto, mor rhwydd; mor syml. Gyrrodd yr ymdrech i ddal llinyn y bwa grymus gryndod trwy ei braich. Dim ond eiliad arall oedd ganddi i benderfynu tynged Ifor Innes cyn y byddai'r pwysau yn ormod iddi.

Stopiodd Ifor ar y lôn a phlygu i lawr i godi hen fonyn sigarét o'r llawr. Ar ôl sythu a thanio ei sigarét gwelodd y saethwr yn sefyll o'i flaen fel delw. Sobrodd Ifor yn syth. Agorodd ei geg i bledio'i achos. I fargeinio. I resymu a phrotestio. Ond yn ofer. Doedd Gret ddim am wrando.

Gollyngodd y llinyn. Chwipiodd y bwa. Gwibiodd lygaid Ifor i bob cyfeiriad yn anghrediniol. Syrthiodd i'w liniau. Ffrwydrodd y gwaed fflamgoch o'i geg.

O dro i dro deuai sŵn y rhaw yn y pridd yn ôl iddi yn atgof. Sŵn y rhaw yn treiddio drwy'r tir meddal ac yna sŵn y pridd yn taro'r corff. Bob tro y rhawiai Gret lo ar y tanau yn Llys Madryn, deuai'r atgof yn ôl iddi. Doedd dim posib iddi ddianc rhag yr atgofion. Ei chyfrinach hi ydoedd a neb arall. Teimlodd ddeigryn yn ffurfio. Rhwbiodd ei llygaid gyda gwadn ei llaw, ei bysedd yn llawn toes. Tybed ai dyma fyddai diwedd ei bywyd dirgel, lle roedd amser wedi tictocian heibio yn Llys Madryn ymhell o olwg y byd mawr tu allan? Allai hi ddim wynebu carchar eto. Gwell fyddai ganddi gymryd ei bywyd ei hun yn hytrach nag ail-fyw y profiad erchyll hwnnw. Cyfrinachau. Roedd cyfrinachau o'i chwmpas hi ym mhob man. Edrychodd drwy'r ffenestr a gweld Mair ar y lawnt yn hel dail. 'Mair y forwyn', meddyliodd. Mwstrodd wên fach wrth gofio iddi ei galw hi'n hynny o flaen yr heddwas. Ei galw hi'n forwyn er mwyn cuddio cyfrinach arall. Na, doedd D.I. John ddim yn ffŵl.

Y foment y plymiodd ei gar i agor bedd Ifor Innes, fe chwalodd y cyfan fel y drygioni a ffrwydrodd o flwch Pandora. Onid oedd deunaw mlynedd o oroesi dan gwmwl o gyfrinachau ar fin dod i ben? Ac eto, fel chwedl Pandora, roedd un peth ar ôl yn y blwch, sef gobaith. Stopiodd Gret drin y toes am funud i feddwl. Cofiodd yr eiliad y daeth Mair yn ôl i'w breichiau y diwrnod hwnnw. Cofiodd y noson y daeth Gwen Morris â'r babi iddi ar ôl iddi ddod allan o'r carchar. Y teimlad o lawenydd a ledodd drwyddi fel cyffur. Oedd yr amser wedi dod i ddweud y cyfan am hunaniaeth Mair? Yn ôl y gyfraith – plentyn rhywun arall oedd hi. Pwy a ŵyr beth fyddai ora erbyn hyn. Am rŵan, efallai mai dal ati i drin y toes fyddai ora a chadw'n dawel. Ia, dyna roedd hi am ei wneud.

'Dal dy dir, Gret fach.' Dychmygai Gret lais ei mam wrth ei hymyl. Anadlodd yn hir. Oedd, mi roedd na obaith wedi'r cyfan. Gobaith y deuai pob dim yn iawn yn y diwedd. Ar ôl glanhau'r toes o'i dwylo, sythodd Gret ei gwallt yn y drych a mynd i'r parlwr at Owen.

'Edrych Gret. Cyn gynted ag y bydd Mair yn llwyddo i greu pentwr o ddail, mae hi'n troi ei chefn wrth fynd i gribo mwy ac mae pwff o wynt yn dod a chwythu'r pentwr i gyd i ffwrdd!'

Ar ôl gwylio Mair yn straffaglu tynnodd Gret ei ffedog.

'Reit. Dwi am fynd i Langefni. Ti isho rwbath?'

'Na, dim byd,' meddai Owen wrth fwynhau gweld Mair yn rhedeg yn ôl ac ymlaen yn y gwynt.

Cofiodd Gret fod ganddi gwestiwn i'w holi gan ei bod hi'n benblwydd ar Mair.

'Oes gen ti awgrym am anrheg penblwydd i Mair?'

'Oes. Beth am brynu copi o *Gone with the Wind* iddi!'

'Doniol iawn, Owen,' meddai Gret wrth fynd am y drws. 'Cofia gymryd dy dabledi,' gan gyfeirio at ei feddyginiaeth o dabledi lliwgar ar y bwrdd gerllaw.

'Damia'r blydi tabledi ma,' rhegodd Owen wrth eu llowcio un ar ôl y llall. Ar y wal o'i flaen roedd llun olew o'i dad, Jacob. Syllai yntau i lawr arno yn gwylio ei bob symudiad.

Pennod 29

Yn y mortiwari yng Nghaergybi, drannoeth, roedd Ray Morgan wedi gosod yr esgyrn a gloddiwyd o'r pridd ar y fainc fawr o'i flaen. Symudai'r esgyrn o gwmpas fel darnau jig-so yn ceisio eu gosod yn y lle cywir. Ar ôl ychydig funudau camodd yn ôl i edmygu ei waith.

'Mae'r pelfis ar goll, felly mae hi'n amhosib dweud beth yw rhyw'r person yma, ond mae'r taldra oddeutu pum troedfedd a chwe modfedd.'

Ychydig lathenni i ffwrdd safai'r Prif Gwnstabl Grace a D.I. John. Dilynai Grace symudiadau Ray yn frwdfrydig, ond roedd golwg malio dim ar D.I. John. Siaradai Ray yn uchel fel petai'n cyflwyno'i sylwadau i ddarlithfa lawn:

'O edrych ar y penglog, nid yw'r *sagittal suture* wedi asio, felly mae'r person yma o dan dri deg pum mlwydd oed. Mae'r dannedd wedi gwisgo ac mae ambell un ar goll – efallai o ganlyniad i ddeiet gwael a bywyd o dlodi.'

Ar ôl astudio'r sternwm a gwthio blaen ei fys i mewn i dwll oedd ynddo, gwnaeth Ray ei sylw nesaf. Y tro hwn trodd i'r Saesneg:

'There is an inward bevelling and radiating fracture of the sternum. Mae rhywbeth miniog wedi achosi'r twll yma. A sharp projectile has passed through.'

Closiodd Grace at y fainc yn awyddus i weld a chlywed yn well, ond doedd Ray ddim yn hapus. Stopiodd a rhythu at y Prif Gwnstabl. Baciodd yntau nôl ar ôl gweld wyneb anfodlon Ray. Chwipiodd D.I. John hances o'i boced a chwythu ei drwyn yn swnllyd. Anadlodd Ray yn hir. Doedd o ddim yn hoff o weithio o flaen cynulleidfa. Yn enwedig dau heddwas oedd yn ffidlan fel y ddau hyn. Gafaelodd Ray Morgan mewn gefail feddygol a mynd i dyllu rhywbeth allan o'r asgwrn cefn. Rhegodd. Doedd y teclyn meddygol ddim yn ddigon nerthol. Aeth i chwilio am rywbeth mwy addas oddi ar y bwrdd cyfagos. Daeth yn ôl at y fainc gydag arf mwy pwerus. Yn fwy penderfynol y tro hwn, anadlodd yn hir er mwyn dod o hyd i'r nerth i orffen y gwaith. Pwysodd yn erbyn y fainc er mwyn cael digon o bŵer. Gwingodd Grace wrth glywed sŵn asgwrn yn crensian. Gorfod i Ray ddefnyddio ei holl nerth a chodi ar flaenau ei draed i dyllu'r darn allan o'r asgwrn.

'*Gotcha!*' gwaeddodd ar ôl llwyddo.

Sŵn metel ar fetel wrth i Ray ollwng y darn i'r plât alwminiwm.

'Bwled?' holodd Grace ei lygaid yn gwibio rhwng Ray a'r plât alwminiwm.

'Rwyf newydd dynnu darn o fetel miniog o'r *thoracic vertebrae.*'

Ar ôl gorffen ei waith aeth Ray Morgan at y sinc a golchi ei ddwylo. Closiodd Grace ato.

'Be ydy'ch casgliad chi Ray?' holodd Grace.

Cymrodd Ray ei amser i sychu ei ddwylo, fel petai'n mwynhau godro'r sylw. Tynnodd ei ffedog feddygol a sefyll o flaen Grace i gyhoeddi ei gasgliadau. 'O ran oedran y sgerbwd, mae hi'n amhosib dweud – severe bone corrosion caused by acidic soil dach chi'n gweld. O ran achos marwolaeth… dwi wedi gweld hyn unwaith o'r blaen… mewn amgueddfa. Pen saeth oedd wedi'i gladdu yn yr asgwrn. Saeth wedi ei saethu o fwa grymus canoloesol. Dyna laddodd y person yma. Yn lle cysylltu gyda'r crwner awgrymaf eich bod yn ffonio'r Amgueddfa Genedlaethol.' Safai Ray gyda gwên awdurdodol ar ei wyneb. Gwingodd Grace a rhoi ei het swyddogol nôl ar ei ben. 'Blydi hel! Sgerbwd canoloesol,' meddai. 'Ar ôl bob dim. Blydi hel!' meddai'r eildro.

Aeth D.I. John at y plât alwminiwm i edrych ar y pen

saeth. Cofiodd iddo weld pennau saeth tebyg iawn yng nghwt y pysgotwr yn Llys Madryn. Oedodd am funud i ddyfalu. Ai dyma'r dystiolaeth a allai glymu Owen Humphreys i'r drosedd? Mater bach fyddai cymharu'r pen saeth hwn gyda'r saethau yn y cwt yn y goedwig? Daeth Grace i sefyll wrth ei ochr. Tybed oedd D.I. John yn amau barn yr arbenigwr, meddyliodd Grace. Edrychodd y ddau ar y pen saeth.

'D.I. John. Ydach chi'n cytuno gyda dadansoddiad Ray Morgan?' holodd.

Cododd D.I. John y pen saeth a'i astudio cyn ei ddychwelyd i'r plât. 'Ydw, dwi'n cytuno. Saeth ganoloesol sydd yma, Syr,' ychwanegodd yn bendant.

'Diolch i chi am bob dim Ray,' meddai Grace ar ôl derbyn barn gadarn D.I. John.

'Mi fydd popeth yn fy adroddiad, Insbector,' dywedodd Morgan ar ôl gwisgo ei siaced yn barod i fynd.

Roedd wyneb siomedig ei bennaeth yn dweud y cyfan. Dyna oedd Grace yn ei haeddu am orddweud a gorliwio'r stori i'r wasg. 'Reit, 'dan ni wedi gorffen yn fa'ma felly.' Tarodd Grace ei glun sawl gwaith yn siomedig. '*Case closed*', dywedodd yn gyndyn. 'Cerwch heibio Llys Madryn i hysbysu Owen Humphreys fod yr achos wedi ei gau. Mae na' ddigon o waith plismona go iawn gyda ni i wneud, D.I. John!'

'Dim problem yn y byd, Syr.'

Edrychai D.I. John ymlaen at rannu'r newyddion da dros hoff ddiod Owen Humphreys, gwydriad o wisgi mawnog Ynys Islay.

Pennod 30

Pan gyrhaeddodd y D.I. Lys Madryn roedd hi wedi tywyllu. Sylwodd fod y giatiau mawr dur ar glo. Parciodd ar y lôn ac aeth i chwilio am y man lle chwalodd ei gar drwy'r clawdd. Roedd rhywun wedi hanner trwsio'r twll ond llwyddodd i ddringo dros y glwyd dros dro a mynd i gyfeiriad y goedwig dywyll. Aeth heibio'r goeden dderw a'r bedd bas. Aeth ias i lawr ei gefn wrth basio'r twll yn y ddaear. Disgynnodd y llethr tuag at y llys.

Clywodd sgrech annaearol yn dod o'r coed uwchben. Yn uchel yn y goeden fe ddisgleiriai llygaid tylluan gorniog arno fel botymau aur. O gornel ei lygaid gwelodd rywbeth yn hedfan tuag ato ar gyflymder mawr. Plygodd yn reddfol er mwyn ei osgoi. Chwibanodd ystlum heibio, a sawl un arall ar ei ôl. Gwibient wrth chwilio am bryfaid yn y tywyllwch. Anifeiliaid y nos oedd piau'r goedwig dywyll hon.

Roedd ar fin cnocio'r drws pan glywodd leisiau'n cario o'r parlwr. Er bod y llenni wedi eu tynnu, roedd hollt fach rhyngddynt, digon i alluogi D.I. John i weld i mewn i'r ystafell. Eisteddai Owen yn ei hoff gadair, yn siarad yn fywiog. Daeth Gret ato a rhoi gwydraid o siampaen yn ei law. Cynigiodd Owen lwncdestun. Aeth Gret at y piano a dechrau chwarae tiwn 'Penblwydd hapus'. Clywodd lais person arall yn yr ystafell yn diolch iddynt. Closiodd at y ffenest er mwyn gweld yn well. Gwelodd Mair, y forwyn, yn agor anrheg ac yna'n mynd at Gret ac Owen yn eu tro a'u cusanu. Clywodd ei geiriau gwerthfawrogol yn glir. 'Diolch Mam, diolch Dad.'

Gwyliodd D.I. John y teulu bach am funud. Roedd o'n iawn wedi'r cyfan – dim morwyn mo hon. Camodd yn ôl o'r ffenest a cherdded oddi yno'n dawel. Gwell oedd gadael llonydd i'r rhain ac i beidio ag ymyrryd mwyach yn y byd dirgel a drigai y tu hwnt i giatiau mawr Llys Madryn.